文春文庫

冬日淡々

酔いどれ小籐次（十四）決定版

佐伯泰英

文藝春秋

目次

主な登場人物

赤目《あかめ》小《こ》籐次《とうじ》　元豊後森藩江戸下屋敷の厩番。藩主の恥辱を雪ぐため藩を辞し、大名四家の大名行列を襲って御鑓先を奪い取る騒ぎを起こす（御鑓拝借）。来島水軍流の達人にして、無類の酒好き

赤目駿太郎　刺客・須藤平八郎に託され、小籐次の子となった幼児

おりょう　大身旗本水野監物家奥女中。小籐次とは想いを交わし合った仲

久留島《くるしま》通嘉《みちひろ》　豊後森藩藩主

高堂伍平　豊後森藩江戸下屋敷用人。小籐次の元上司

久慈屋昌右衛門　芝口橋北詰めに店を構える紙問屋の主

観右衛門　久慈屋の大番頭

おやえ　久慈屋のひとり娘

浩介　久慈屋の番頭。おやえとの結婚が決まる

国三　久慈屋の小僧

秀次　南町奉行所の岡っ引き。難波橋の親分

新兵衛　久慈屋の家作である長屋の差配だったが惚けが進んでいる
お麻　新兵衛の娘。亭主は錺職人の桂三郎、娘はお夕
勝五郎　新兵衛長屋に暮らす、小籐次の隣人。読売屋の下請け版木職人。女房はおきみ
空蔵《そらぞう》　読売屋の書き方。通称「ほら蔵」
うづ　平井村から舟で深川蛤町裏河岸に通う野菜売り
梅五郎　駒形堂界隈の畳屋・備前屋の隠居。息子は神太郎
万作　深川黒江町の曲物師の親方。息子は太郎吉
美造《よしぞう》　深川蛤町の蕎麦屋・竹藪蕎麦の親方。息子は縞太郎
蔦村染左衛門　三河蔦屋十二代、深川惣名主

冬日淡々

酔いどれ小籐次（十四）決定版

第一章　中川の船戦《ふないくさ》

一

文政二年（一八一九）。霜月に入り、大川に冷たい筑波颪《つくばおろし》が吹き始めた。

だが、赤目小籐次《あかめことうじ》の暮らしがそう変わるわけもない。今日も今日とて、江戸の内海から大川河口に白波が立つ水面《みなも》に櫓《ろ》を入れ、深川の得意先を目指した。

舳先《へさき》では、もはやしっかり一人歩きするようになった駿太郎《しゅんたろう》が舟の外に半身を乗り出し、手先を流れに浸《つ》けては、

「爺《じい》じい、冷たい」

と騒いでいた。

今朝、あれこれあって仕事に出る刻限がいつもより遅かった。

「駿太郎、あまり身を乗り出すと舟から落ちるぞ」

「お手々が赤くなった」

水に入れていた手を小籐次に見せた。朝の光の中、駿太郎の紅葉《もみじ》のような手の先が冷たさに赤くなっていた。

「北から木枯らしが吹くようになると、本式の冬が到来するわ」

と応じた小籐次が、

「爺のところに参れ」

と駿太郎を呼んだ。

駿太郎が小舟の中に置かれた砥石《といし》や洗い桶《おけ》を上手に避《よ》けて、舳先から艫《とも》に来た。

小舟は駿太郎にとって遊び場の一つ、心得たものだ。

「駿太郎、爺が櫓の扱いを教えるで、ほれ、爺と並べ」

「爺じい、ろをこげるのか」

「そう簡単には櫓も棹《さお》も扱えぬわ。棹は三年櫓は三月《みつき》と言うてな、櫓でさえ三月は要する。そなたはまだ幼いで何年もかかろう」

小籐次は駿太郎を体の内側に入れた。

「爺の動きに合わせよ。よいな」

　小籐次がゆったりと櫓の動きを見せた。櫓にしがみついた駿太郎は小籐次の動きを真似《まね》て、手ばかりか腰と足の動きも合わせた。小舟が揺り籠《かご》代わりの駿太郎だ。見ていぬようで小籐次の櫓の捌《さば》きを記憶していたか、堂にいったものだ。

「駿太郎、なかなか上手じゃぞ」

「駿太郎はじょうずか」

「これなら、体が大きくなる前に櫓も棹も扱えよう」

「爺じいの代わりに駿太郎が舟をこぐぞ」

「それは楽でよいな」

　三角波が立って小舟が大きく揺れた。川の流れと満ち潮がぶつかり、筑波颪も舞って河口付近は荒れていた。

　だが、小籐次と駿太郎の親子舟は、荒れる河口を上手に乗り切って進んでいった。

「駿太郎、櫓の動きを目で追うてはならぬ。櫓は体で漕《こ》ぐものよ。目で確かめるのは流れの具合、往来する舟の動きじゃぞ」

「ろはみてはならぬか。ほうほう、これはむずかしい」

　駿太郎が回らぬ舌で言いながら、櫓から顔を上げて辺りを見た。

「見よ、流れと潮がぶつかって複雑な波を生じさせておろう。これを乗り切れるようになれば、大川の船頭も一人前だ」

「駿太郎はがんばるぞ」

小さな体で櫓にしがみついて小籐次の動きを必死で真似た。櫓にかかる重みが駿太郎の成長を示しているようで、小籐次にはなんとも嬉《うれ》しかった。

小舟は往来する荷船や木場に向う筏《いかだ》を避《よ》けて越中島《えっちゅうじま》の北側から大きく回り込み、越中島と深川相川町《あいかわちょう》の間の堀へと入った。

「駿太郎、ようやった。そなたが手伝《てつど》うてくれたで、本日は実に楽であったわ」

「爺じい、らくしたか」

「おお、大助かりであったぞ」

筑波颪が家並みに塞《ふさ》がれて弱くなり、流れも穏やかになって櫓が軽くなった。

武家方一手橋を潜《くぐ》り、左手に堀を曲がり、いつもの深川蛤町裏河岸《はまぐりちょううらがし》に小舟を入れた。するとすでにうづの野菜舟が舫《もや》われて、朝の光に冬大根の青と白が鮮やかに見えた。

「うづどの、遅うなった」

小籐次の声に姉《あね》さんかぶりのうづが上体を振り向かせて、

「あら、駿太郎さんがお手伝い」

「うづ姉ちゃん、駿太郎がろをこいできたぞ」

「おりこうね」

うづに褒《ほ》められた駿太郎が得意げに胸を張った。

「ほれほれ、仕事はきっちりと最後までな」

「はい」

「駿太郎、櫓を上げるぞ」

蛤町裏河岸の静かな水面を小舟は惰性で進み、うづが優しく舳先を受け止めてくれた。

「ここ数日、美造親方が、今日も赤目様は来ねえかと寂しそうにしていたわ」

「あれこれと多忙でな、この界隈《かいわい》に無沙汰《ぶさた》をしておった。竹藪蕎麦《たけやぶそば》に真っ先に顔を出そう」

と請け合った小籐次は、橋板だけの船着場にしっかりと舫い綱を打ち、小舟を固定した。道具を揃えて桶に川の水を汲《く》んだ。

そんなところにうづの客の女衆《おんなし》がぞろぞろと姿を見せた。平井村でうづの両親が作る野菜はこの界隈でも評判だった。

「おや、大根が瑞々《みずみず》しいね」

「わたしゃ、青菜をもらっていこう」

「もう直《す》ぐ冬将軍の到来だよ。そうなると、うづさんの野菜舟から青物がなくなるよ」

「春野菜まで我慢して」

と女衆のお喋《しゃべ》りにうづが応じた。

「今年の冬は厳しいよ。雪が何度も降るよ。だから、わたしゃ、青菜を二樽《ふたたる》も漬けたからね、青菜漬けで乗り切るよ」

とおかみさん連の一人が言った。

「おみのさん、たくさん青菜を買って頂き有難《ありがと》うございました」

と改めて礼を述べたところに竹藪蕎麦の美造親方が姿を見せた。

「手入れをする道具が溜《た》まったかね、親方」

「それもある」

「それもある、とはなんじゃ。他に御用か」

「三《み》河《かわ》蔦屋《つたや》の大番頭の中右衛門さんが、赤目様の到来はないかと毎朝尋ねに来られるんだ。大旦那《おおだんな》が会いたいとよ」

「わしも一度礼に伺わねばと思うていたところじゃ。仕事であろうか」

「はて、見当もつかねえや」

「となると、身一つとはいかぬな」

「なら、舟で乗りつけねえな」

「他家を訪《おとな》うにはいささか早うはないか」

「相手は年寄りだぜ。惣名主《そうなぬし》だろうがなんだろうが、年寄りは朝も小便も早いと相場が決まってるぜ」

「親方、年頃の娘の前でなんて言い草だえ」

と女衆の一人が美造に文句をつけたが、

「おかくさん、かっこうつけたっておめえの亭主だってそうなる」

「いやだね。竹藪蕎麦の親方は小便が近いんだって」

「おれじゃねえ、深川の惣名主の染左衛門様だ」

と言い合うところにうづが、

「駿太郎さん、うづの舟に残る」

「爺じいは仕事か」

「そういうこと」

駿太郎が小籐次の小舟から野菜舟へと器用に乗り移った。

「駿太郎、うづどのに面倒をかけるでないぞ」

こっくりと駿太郎が頷《うなず》き、小籐次は舫ったばかりの綱を解《ほど》いた。

三河蔦屋が深川の惣名主を幕府から認められていたのは大昔の話だ。だが、今も三河蔦屋は川向こうの樽屋や喜多村家とおなじ江戸町年寄《まちどしより》の扱いを受けていた。屋号の三河が示すように、家康の関東入国に従ってきた家系だ。

ただ今は十二代染左衛門が主《あるじ》だ。

小籐次は永代寺門前山本町の亥《い》の口《くち》橋に小舟を着けた。そうしておいて商売道具を入れた桶を両腕に抱え、河岸道《かしみち》に上がった。すると六尺豊かな大番頭の中右衛門が、首を突き出すような姿勢で小籐次を門前で迎えた。

「赤目様、遅うございますよ」

「三河蔦屋さんが御用とは知らなんだでな」

「あちらこちらで気儘《きまま》な仕事をされているようですな」

「何度も無駄足を運ばせたようで、相すまぬことであった」

「大旦那様から、赤目様はまだかと日に何べん尋ねられたことか」

と不満たらたらの中右衛門が豪壮な長屋門を潜り、枝折戸《しおりど》から庭に小籐次を誘《いざな》った。すると手入れの行きとどいた庭に面した縁側で、染左衛門が煙管《キセル》を片手に両眼を閉じ、こっくりこっくりと居眠りしていた。

中右衛門が呼びかけようとするのを手で制した小籐次は、筵《むしろ》と桶に張る水を願った。

「研ぎをいたす刃物を揃えて下され」

「分りました」

中右衛門がその場から姿を消した。

小籐次が両腕の道具を庭に下ろそうとすると、こつこつと音がした。振り向くと染左衛門が煙管の雁首《がんくび》で自分の傍《かたわ》らの床を叩《たた》いていた。

「染左衛門どの、縁側に仕事場を設けるのでござるか」

頬《ほお》が垂れ、両眼が一筋細くあけられていた。その顔がゆったりと頷いた。

「それがしの研ぎ場にはいささか立派すぎる縁側じゃが、主どのの命とあらば致し方なかろう」

小籐次は縁側に桶を下ろし、ついでに腰の孫六兼元《まごろくかねもと》を抜いた。そこへ男衆《おとこし》が筵と、木桶に水を汲んで運んできた。

「手間を取らせて相すまぬが、茣蓙《ござ》があれば借りたい。染左衛門どのが縁側に研ぎ場を設けよと言われるでな」

「へえ」

と男衆が木桶を置いて茣蓙を取りに行った。そこへ中右衛門が小脇に出刃包丁やら菜切り包丁を抱えて戻ってきた。

「仕事場を縁側に設けるってか。欅《けやき》の柾目《まさめ》の縁側じゃがのう」

不平を洩《も》らす中右衛門に染左衛門が、ごほんごほんと空咳《からせき》をした。

「大旦那様、よろしいので」

「赤目小籐次の研ぎ場じゃぞ。地べたに設けさせてよいものか」

と染左衛門がぼそりと言い、

「当代様の命とあらば致し方なし。赤目様、砥石で傷をつけぬよう気をつけて下されよ」

ごほんごほん、とまた空咳の音がした。

「はいはい、余計なことにございましたな」

最前の男衆が戻ってきて縁側に茣蓙を敷き、水を張った桶と砥石が並べられ、座布団まで敷かれて立派な研ぎ場ができた。

中右衛門らは主と小籐次の二人を残して縁側から消えた。

「染左衛門どの、過日不細工な研ぎをいたしました國信をお貸し下され。本日は砥石をあれこれと用意してきましたでな、研ぎ直しとうござる」

染左衛門が過日、小籐次にいきなり、

「業前《わざまえ》をみたい」

と研ぎを所望した短刀を腰から抜くと差し出した。

あの折り、南北朝中期の相州《そうしゆう》伝長谷部國信を研ぐには砥石が足りなかった。あるもので工夫したが、小籐次には心残りであった。

小籐次は目釘《めくぎ》を外し、九寸一分の茎《なかご》に布を巻いた。

「染左衛門どの、礼が遅うなり申した。先日は過分の金子《きんす》を頂戴《ちようだい》いたし、恐縮至極にござった」

「倅《せがれ》一家の命が助かった礼にしては些少《さしよう》過ぎたわ」

「二百両とは法外過ぎる」

「使い道があったではないか」

染左衛門が言い返した。

半ばとろとろと居眠りする時を過ごしながら、見ているところはちゃんと見ていた。さすがは深川の惣名主を務めてきた家系だ。今も情報が染左衛門の許に集まる仕組みがあるらしい。

「それがしがなにに使うたかも、染左衛門どのは承知なのですな」

「赤目小籐次、幸せな男《おのこ》よのう」

「さようでございますか」

「須崎村に京の棟梁《とうりよう》土佐金が手がけた屋敷があるとは承知していたが、無粋《ぶすい》な旗本が所有しておると聞いていたで、近づいてはおらなかった。その屋敷を紙問屋の久慈屋《くじや》が手に入れ、さらにはそなたが北村おりょう様とかいう年増ながら絶世の美人に買い与えたそうではないか」

「買い与えたわけではございませぬ。久慈屋どのの心遣いをおりょう様に仲介しただけにござる。未だ支払いが終わったわけではございませんでな。ともあれ、これもこちらから頂戴した二百金で目処《めど》が立ち、赤目小籐次の面目も立ちました。これも偏《ひとえ》に三河蔦屋どののお蔭《かげ》にござる」

「御歌《おうた》学者の北村家の血筋、なかなかの才じゃそうな」

「それがし、御歌の素養がござらぬで、おりょう様の才を推し量ることなど叶《かな》いませぬ。じゃが、おりょう様なれば一派を立てるお方に相違ございませぬ」

ふっふっふ
と弛《たる》んだ両頬が揺れた。

「赤目小籐次、北村おりょうに惚《ほ》れておるか」

「滅相もござらぬ。そのようなこと、おりょう様に迷惑千万」

「ならば惚れておらぬか」

「はてそれは」

「どうした」

「それがし、國信の手入れを致しますでな、話はこれまでにして下され」

小籐次は刃を水に浸した。

「世の中には意表外の取り合わせというものがあるものじゃ。いや、これぞ絶妙な組み合わせかもしれんて」

と染左衛門が呟《つぶや》いた。

小籐次は聞こえぬふりをして國信を研ぎ始めた。

「あのような豪壮な屋敷に女を独り住まわせて、不用心ではないか。頭の黒い鼠《ねずみ》に引かれぬとも限らぬぞ」

「そのようなことがございましょうかな」

それはもう、と小籐次が小さな声で呟いた。

「金主は、九尺二間の長屋に他人の子を育てながら住んでおる。欲がないのか、考えが足りぬのか」

「世の中に一人くらい変わり者がいてもようござろう」

「変わり者と認めるか」

「おりょう様に会えば、染左衛門どのの不審もとけましょう」

「三河蔦屋の家訓でな、美形の女を手折《たお》ってはならぬそうな」

「それは、真実《まこと》にございますぞ」

「手に取るなやはり野に置け蓮華草《れんげそう》、か」

「おりょう様は蓮華草ではござらぬ」

「なんの花じゃ」

「清楚《せいそ》でもあり艶《あで》やかでもあり、一輪の花には喩《たと》えようもござらぬ」

小籐次は不思議だった。染左衛門と話していると隠しだてなく心の中を口にしていた。

「そこまで惚れた女がおるとは羨《うらや》ましい」

「心配か」

染左衛門が言うと煙管の雁首で煙草盆《たばこぼん》を引き寄せた。

「染左衛門どの、本日の御用はなんですな」

「おお、忘れておった」

やはり小籐次を呼び寄せた理由があったようだ。

「なんぞ三河蔦屋様に厄介事《やっかいごと》が生じましたか」

「そう度々厄介に見舞われてもかなわぬ。そうではない」

「と言われますと」

「赤目小籐次や、成田山新勝寺に詣《もう》でたことがあるか」

「いえ、未《ま》だ」

「ここ数年、成田山に無沙汰をしておってな、死ぬ前にもう一度お参りしておきたいと考えたのじゃ。じゃが、旅は退屈極まりないでな、どうしたものかと考えておったところ、そなたのことが頭に浮かんだ。迷惑は承知じゃが、この染左衛門に付き合うてはくれぬか」

「承知致しました」

小籐次の即答に染左衛門の顔が傍らを振り向いて、

「よいのか」

と念を押した。

「楽しい道中になりそうですな。いつ参られます」

ふっふっふ

と満足げに笑った染左衛門が、

「これからはどうじゃ」

と誘った。

二

江戸の人間にとって成田山新勝寺信仰は古い。

十世紀前半、下総《しもうさ》に勢力を振るったのは平将門だ。将門は所領地をめぐって一族と紛争を起こし、さらに東国での反乱を誘発した。

この乱を鎮めるため、朱雀《すざく》天皇は京の広沢池の畔《ほとり》の遍照寺の僧侶寛朝を派遣し、寛朝は下総国公津《こうづ》ケ原《はら》に不動明王像を祀《まつ》って祈願した。

この満願の日の天慶《てんぎょう》三年（九四〇）二月十四日に将門が討ち死にしたために、新勝寺の開山の日と定めた。

以来、成田山新勝寺は東国鎮護の場になった。時代とともに盛衰を繰り返した新勝寺だが、江戸時代を迎えて飛躍的な興隆をみせた。

佐倉藩主の祈願寺になり、積極的な布教活動がこの寺の名を高めたからだ。

新勝寺が元禄《げんろく》十六年（一七〇三）以降十回にわたり、深川の永代寺八幡宮で催した出開帳《でがいちよう》は、多くの信徒を得るきっかけになった。さらに江戸っ子の心を成田山に結びつけたのは、成田屋の屋号を持つ歌舞伎役者の初代市川團十郎の存在だ。

團十郎は成田不動に念じて子宝に恵まれた縁から新勝寺の熱心な信者になり、出開帳に合わせて、『成田不動霊験記』を上演するのを習わしにした。

こうして江戸の人々にとって成田詣でが定着し、佐倉道《さくらみち》と呼ばれていた街道もいつしか成田街道と呼ばれるようになっていく。

江戸日本橋から成田山まで十六里余、老女でも七つ（午前四時）発《だ》ちすれば一泊二日で到着する。旅気分が味わえるうえ、山道や峠はない。この利便性も、成田山信仰が広まった理由の一つだった。

幕府開闢《かいびやく》以来、深川惣名主の三河蔦屋の主の蔦村家が成田山新勝寺に帰依《きえ》してきたのは当然のことであった。さらに成田山新勝寺と三河蔦屋が深い縁に結ばれるのは永代寺での出開帳を通してだ。

三河蔦屋の代々の当主は永代寺と協力して、元禄以来の成田山新勝寺の出開帳の世話役、総頭取を務めてきたのだ。

小籐次は國信を研ぎ上げると、蛤町裏河岸まで急ぎ小舟で取って返した。

「あら、早かったわね。御用は済んだの」

うづが驚きの顔で迎え、その傍らに太郎吉が立っていた。

河岸道に立っていた竹藪蕎麦の美造が小籐次の舟が戻ったのを見て、石段を下りてきた。

「太郎吉どのもおられたか」

小籐次が橋板だけの船着場に小舟を寄せると美造が、

「太郎吉は、一日一回うづさんの顔を見ないと通じがねえとよ」

とからかった。

「親方、そんなんじゃねえや。おりゃ、うづさんの顔を見るとなぜか安心するんだよ。おれにとって観音様だ。通じなんて品のない言葉でからかうのはよしてくんな」

「ほうほう、そうかい」

と軽く応じた美造が、

「酔いどれ様、慌てて帰ってきたが、まさか三河蔦屋で失態をしでかして逃げ帰ってきたんじゃなかろうな」

と案じた。それほど深川の住人にとって、深川惣名主の威厳は今も大きいのである。

「そうではない。急に旅に出ることになってな、駿太郎を引き取りに参った」

「旅だって。どこになにしに行くんだよ」

「親方、話の成り行きで、染左衛門どのの供をして成田山新勝寺詣でに行くことになったのだ」

「これからか」

「これからだ」

「で、駿太郎さんはどうするの」

首肯《しゅこう》した小籐次が、野菜舟の狭い隙間《すきま》で眠り込む駿太郎を見た。櫓を漕いだせいで疲れたのだろうか。うづの綿入れに包まれて無心に眠りこけていた。

「いささか太郎吉どのに頼みがある」

「長屋にこの一件を知らせろというのかえ」

「いかにもさよう。新兵衛《しんべえ》長屋の面々と久慈屋さんに心配させてもならぬからな。

駿太郎を連れて成田山新勝寺に行くことになったと伝えてくれぬか。まあ、五、六日、江戸を留守にすることになろうかのう」

分った、と答える太郎吉の傍らからうづが、

「仕事の合間に、私も太郎吉さんと一緒に川を渡るわ」

「うづどのに仕事の手を止めさせては相すまぬな」

「いいのよ。三河蔦屋の大旦那様の頼みを断われる人なんていないもの」

「おうさ、酔いどれの旦那、大旦那の無理を聞いておくと、先々いいことがあるぜ」

「親方、過日、十分礼を頂戴したでな、今度はこちらが体でお返しする番だ」

と答えた小籐次には二百両のことが念頭にあった。あの大金があったればこそ、北村おりょうが望外川荘《ぼうがいせんそう》を首尾よく手に入れることができたのだ。だが、大金を貰《もら》ったことは、うづにも美造にも告げていない。

「赤目様、おりょう様にはお知らせしなくていいの」

「あれこれうづどのと太郎吉どのの手を煩《わずら》わせるわけにもいくまい」

「そんなこと、案じなくても大丈夫」

「おう、おれにも異存はないよ」

「太郎吉に異存なんぞあるめえ。うづさんと一緒にいられる話だからな」

　と美造がちょっかいを出す。

「そんなことより、私たちが突然訪ねていって、おりょう様、迷惑じゃないかしら」

「そなたらのことはおりょう様もとくと承知じゃ。わしが文《ふみ》を書くで、それを持参して下され。大きな家にお一人ゆえ、これまでの水野家奉公より寂しかろう。そなたらが訪ねると喜ばれよう」

「そうかしら。なら商いを早く切り上げて訪ねるわ」

「おれも親父の許しを得てこよう」

　太郎吉が蛤町裏河岸から黒江町八幡橋際《くろえちょうはちまんばしぎわ》に飛んで帰ろうとした。

「太郎吉さん、家に野菜を持って帰って」

「うづさん、ここんところ、うちはうづさんの野菜づくしだ。偶《たま》には魚なんぞ食いたいよ。直ぐに戻ってくるからな」

　太郎吉が河岸道を走って消えた。

「いいな、若いってのはよ」

　と美造親方が呟いた。

小籐次は矢立てを出して筆先を墨壺《すみつぼ》に突っ込み、突然の成田山新勝寺行きの経緯《いきさつ》を記し始めた。

「親方、今日はなんだかおかしいわよ」

うづが、橋板にしゃがんで溜息《ためいき》を吐《つ》く美造に声をかけた。

「うづさん、秋が終わり、木枯らしが吹こうというこの季節、なんだか気持ちが寂しくならないか」

「むしろ、これから冬がくるぞ、もうひと踏ん張りしなきゃって気分よ」

「若いってのはいいな。おれの年になると無常を感じるようになる」

「無常ですって。親方の年までまだだいぶ間があるわ」

「尋ねた相手が悪かった。酔いどれ様、おまえ様ならこの美造の気持ち、分ってくれるな」

「なにか言うたか。わしはおりょう様に文を認《したた》めておるゆえ、邪魔をされとうない」

「あああ」

と大仰《おおぎょう》な溜息を吐いた美造が、

「諸行無常が分らぬ人間ばかりか。つまらねえな」

と橋板に立ち上がり、ふらふらと河岸道に戻っていった。

「どうしたんだろう、親方」

「大方おはるさんが、生まれてくる孫のことばかり話して親方の相手をしてくれぬのではないか」

「そういえばおきょうさん、もう直ぐよね、赤ちゃんが生まれるの」

「男というもの、そんなとき、なんだか独り置いていかれる気分になるものらしいぞ。所帯を持ち、子を生《な》したからといって太郎吉どのに構わぬと、太郎吉どのもそんなことを言い出すやもしれぬ」

「あら、太郎吉さんもなの。困ったわ」

とうづが応じたが、

「もっとも、未だ所帯も持っていないんですもの。そんな先のこと案じても仕方ないわ」

「まあ、そうじゃな」

と小籐次が文を書き終えて、読み返した。

金釘流の筆跡だが、気持ちが伝わればよかろうと封をした。

「おりょう様、野菜を受け取って下さるかしら」

「うづどのの親父どのが丹精した野菜じゃ、喜ばれよう。だが、そんな心遣いなしに今後も訪ねてくれぬか」

はい、とうづが答えた。

小籐次は書きあげた文をうづに渡し、

「うづどの、成田山には行ったことがあるか」

「平井村から行徳《ぎょうとく》河岸に舟で出て、佐倉道を成田山まで行ったことがあるけど、もう三、四年前かしら」

「なんぞ土産《みやげ》があるかのう」

「おりょう様に」

「おりょう様ばかりではないぞ。うづどの、久慈屋どの、長屋の衆と、日頃世話になっている人が結構いるでな」

「焼きだんご、よもぎだんごに、成田山一粒丸《いちりゅうがん》。これは腹痛などに効く薬よ。それくらいかしら。でもなんといっても成田山御符《ごふ》がいちばんのお土産ね」

「お札《ふだ》とな。それならば十枚いただいても重くはないな」

「赤目様、それよりあちらで美味《おい》しいものを食べて、私たちに話してくれるのがなによりのお土産よ」

「土地の名物はなにかあるか」

「鮒《ふな》の甘露煮とか鰻《うなぎ》の蒲焼《かばやき》とか、川魚料理を食べた記憶があるわ」

「まあ、相手が三河蔦屋の大旦那様ゆえ、こちらは大船に乗ったつもりで供をすればよかろう。うづどのは途中まで舟で行ったのじゃな」

「江戸の人なら、日本橋を発って、千住宿《せんじゆじゆく》から市川、八幡《やわた》、船橋、大和田、臼井《うすい》、佐倉、酒々井《しすい》を経て成田山に向うのがふつうね。だけど、足弱な人には、小網町《こあみちよう》の河岸から江戸川の行徳河岸に船が出ているの。ここから木下《きおろし》街道を通って八幡宿に出て、佐倉道を行くのよ。私たちのような平井村の人間にとっては、江戸川に出たほうが近いもの。きっと三河蔦屋の大旦那様も船を仕立てて、行徳河岸に向われる筈《はず》だわ」

　うづがすらすらと成田山までの徒歩行と一部水行を利用する旅を説明してくれた。

「染左衛門どのをあまり待たせてもなるまい。うづどの、こちらに駿太郎をくれぬか」

　うづが野菜舟で眠りこける駿太郎を両腕に抱くと、

「駿太郎さん、急に重くなったわね」

と小籐次に渡してくれた。たしかに腕にずしりと感じるようになった駿太郎を、今度は研ぎ舟の胴の間に寝かせた。いつも積んであるどてらを着せ、

「うづどの、おりょう様に宜《よろ》しゅう伝えてくれ」

「おりょう様にも久慈屋様にも長屋の皆さんにも、ちゃんと伝えるわ。赤目様には三河蔦屋の大旦那様のお守《も》りを願います」

「相分った」

小籐次は小舟を再び蛤町裏河岸の船着場から亥の口橋に向けた。

うづが三河蔦屋の大旦那なら船を仕立てていく筈と言ったが、小籐次が想像した以上に立派な船が亥の口橋に止まっていた。

長さ九間余、幅一間半余、板葺《いたぶ》きの屋根の下、胴の間に炬燵《こたつ》が置かれ障子が入れられるようになっていた。だが、今は四方が見渡せるように障子戸は外されていた。中には染左衛門が眠れるように夜具も積んであった。

櫓は三丁、主船頭の櫓に水夫《かこ》二人の補助櫓が備えられていた。すでに船頭衆は準備万端の様子だ。

「お待たせ致しました」

船着場に立つ大番頭の中右衛門が、

「赤目様、いささか時がかかりましたな」

と文句を言った。

「相すまぬことであった。染左衛門どののご機嫌はどうじゃな」

「待たされたのですぞ。よいわけがなかろう」

と中右衛門が船着場から巨体を揺すって、屋敷に戻った。

「船頭どの、それがしの小舟はどうしたものかな」

「赤目様、うちの船着場にお預かりしておきますよ」

主船頭の冬三郎が若い水夫に命じて、小籐次は駿太郎を抱いて屋根船に乗り移った。なんとも立派な船だった。

駿太郎をどうしたものかと思案していると、女衆がまず姿を見せて、炬燵の傍らに立派な寝床を設けてくれた。

「赤目様、お子をこちらに」

「駿太郎は絹布団などあまり馴染みがない。大丈夫かのう」

小籐次が駿太郎を立派な夜具に寝かせると、手足を動かし、むにゃむにゃ口も動かしていたが、気持ちよさそうに眠り続けている。

「煎餅《せんべい》布団より絹布団がよいか。慣れんでくれよ」

と呟く小籐次に若い女衆が笑った。

「大旦那様、お乗り込み」

という声が主船頭の口から響いて、男衆に両脇を支えられた染左衛門がゆっくりと石段を下りてきた。

「染左衛門どの、お待たせして相すまぬことでござった」

「年寄りの気紛《きまぐ》れに付き合うてくれたのじゃ、半刻《はんとき》（一時間）くらい待つのは当たり前というもの。大方、中右衛門があれこれと文句をつけたのじゃろうな」

と言いながら、屋根船に乗り込んだ。

「舫い綱を外せ」

大勢の奉公人に見送られて屋根船が亥の口橋の船着場を離れた。

炬燵に染左衛門と小籐次の二人、傍らに駿太郎が寝ていた。そして艫近くに老女のおこうと若い女衆おあきの二人、舳先に若い衆が二人、船頭衆三人を加えて総勢十人が成田山新勝寺行の一行だ。いくら深川の惣名主の成田山詣でにしても大勢の供揃いだった。

船の舳先側に屏風《びょうぶ》が立てられ、四斗樽《しとだる》と膳《ぜん》が用意されているのが見えた。

「弘吉、赤目小籐次に酒を」

と若い手代に染左衛門が命じた。

「染左衛門どの、まだ日も高い。いささか刻限が早かろう」

「酒を飲むのに刻限などあろうか。過日、二軒茶屋の松川では宵の口から酒を頂戴した。あれはあれで旨《うま》かった。相手がよいと酒の味も一段と増す。ともかく成田詣での船が舫い綱を解かれた以上、もはや旅の空の下じゃ。酔いどれ小籐次が刻限など気にするでない」

いかにもさようと片手でつるりと顔を撫《な》でた小籐次が、

「本日はどこまで参られますな」

「小網町河岸から行徳の新河岸まで三里八丁じゃ。深川を出て、横川から小名木《おなぎ》川《がわ》、中川口を通る、水行せいぜい二里半。水辺を愛《め》でながら本日は行徳泊まり。楽旅じゃぞ、酔いどれ様」

「船に乗っておれば今宵《こよい》の宿に着きますか」

「そういうことじゃ。ゆるゆると酒を楽しんだとて、なんの差しさわりがあろうか」

染左衛門に再三勧められ、弘吉が差し出したたっぷり一升は入りそうな酒器を小籐次は受け取った。

「本来酒に目がない外道《げどう》の赤目小籐次にございますれば、大旦那様の勧め上手に昼酒、頂戴致します」

小籐次が両手に器を抱えると、おこうとおあきが銚子《ちょうし》で注《つ》いだ。

新酒の香りが船中に漂った。

「これはたまらぬ」

小籐次がくんくんと鼻を鳴らして酒の香りを嗅《か》いだ。すると年の頃十七、八くらいのおあきが、にこにこと笑った。

「うちの爺様も、酒を飲む前にそのようにして香りを楽しんでおりました」

「そなたの爺様は酒の楽しみ方をよう承知なのじゃな。ご存命か」

「私が三河蔦屋様に奉公に上がる年に、酒を飲みながらぽっくりとあの世に行きました」

「なんという大往生か。幸せな生涯であったな」

「はい」

「頂戴しよう」

小籐次は七分ほど注がれた酒器に口を近づけ、最初の一口を含んだ。

ふわり

と酒が体内を巡っていく。

ごくりごくり

と喉《のど》を鳴らして飲んだ。

至福の時がゆっくりと流れていく。

ゆっくりと飲むつもりが、いつしか酒器を立てていた。

（これは困った。相変わらずの外道飲みかな）

三

ぱあっ

と器を外すと、小籐次の陽《ひ》に焼けた顔にぽおっと艶《つや》が加わっていた。

「おうおう、酔いどれ様の顔に照りが出ておるぞ」

染左衛門が弛んだ頬に笑みを浮かべた。男衆も女衆も大旦那の満足そうな表情に安堵《あんど》の色をみせた。

染左衛門は当人が自ら、

「四百四病持ち」

と称するくらい頭痛と腹痛が重なるのは日常のことだが、その上に瞼《まぶた》が勝手に閉じてしまう奇病が加わった。それがなんとも不思議なことだが、小籐次と会っているときはご機嫌であった。まさか不意に成田山新勝寺詣でを言い出すなど、そしてまた、赤目小籐次がその場で受けるなど奉公人にとって予期せぬ出来事であった。

大番頭の中右衛門は十三代目の藤四郎に、

「いくらなんでも、大旦那様のあの体で成田行など無謀にございましょう」

と訴えた。

藤四郎は、本家蔦村の姦計《かんけい》に落ちて一家三人が囚《とら》われの身になったところを赤目小籐次に助けられた経緯を後に知り、父親の優れた洞察力と行動力に感心した。そして、同時に赤目小籐次という人物に感謝するとともに大いに関心を抱《いだ》いていた。父も怪物なら酔いどれ小籐次も希代の人物だ。その二人が話し合っての成田山新勝寺詣でだ。

「親父どののご機嫌はどうか」

「それはもう」

「悪いか」

「いえ、訝《いぶか》しいことに、酔いどれ研ぎ屋と会うておられるときは実にお加減がよろしいので」

「ならば積年の望みではないか。赤目様にご足労願い、おそらく親父どのの最後の成田山新勝寺詣でを叶えようではないか」

「道中、大旦那様が倒れられるようなことがありましては一大事」

「それで寿命が尽きるなら天が定めたこと。われらも慌てぬよう前もって覚悟を決めておかなければなるまい。中右衛門、船の仕度を即刻なされ」

と命じ、同道する奉公人まで選んで指示したのだ。

藤四郎の命で成田山新勝寺詣での一行に加わった老女のおこうは、染左衛門の満面の笑みを見て、

「かようなご機嫌を久しく忘れていた」

と首を傾《かし》げた。そして、染左衛門の機嫌のよさは赤目小籐次がもたらすものであることを感じていた。

「おこう、わしにも酒《ささ》をくれ」

染左衛門も自ら願った。

酒とて久しく召しあがったことはなかった。いや、藤四郎様、佐保様、小太郎

様を連れ戻られたあの日、大旦那の体から酒の匂《にお》いがしていたが、あの折りも赤目小籐次と二人だけで出掛けられたのだったな、と思い出しながらおこうは染左衛門の酒器を満たした。

「大旦那様に酌をするなど絶えてなかったことにございます」

「酒などもはや飲むこともあるまいと思うていたが、酔いどれ様と顔を合わせると、酒が無性に恋しくなるのだ。これも酔いどれ小籐次がもたらされる功徳じゃぞ」

頷いたおこうが、

「おあき、赤目小籐次の器に酒を絶やさぬようにな」

と命じた。

「おこうどの、昼酒は急いではならぬ。ゆるゆる楽しむのがこつでな」

と答えながら、おあきが銚子の酒を大杯に注いだものかどうか迷っているのを見た小籐次が、

「娘さんや、この大きな器を染左衛門どのと同じ盃《さかずき》に替えてくれぬか。水辺の景色を見ながら、炬燵船でゆるゆると盃を重ねるほどの贅沢《ぜいたく》はないでな。かような景色を前に酔い急ぎしてはならぬ」

と願うと、一升入る大杯を盃に替えてもらった。

「どうじゃ、そなたの亡くなられた爺様も、酒を飲まれると色艶がよくなったのではないか」

「はい。顔がぽおっと赤黒く染まりました」

「で、あろう。これが酒飲みの至福の時よ」

と小籐次が言ったとき、中川口の船番所に差し掛かった。

小名木川東端の中川口に、通船改めの番所があった。

主船頭の冬三郎が心得て船足を緩めた。

炬燵から染左衛門が、

「お役人様、三河蔦屋の染左衛門にございますよ。行徳河岸から成田山新勝寺詣でに参る道中、お通し下され」

と願うと、

「深川の惣名主どのか。近頃加減が悪いと聞いておったが、新勝寺詣でとはなによりなにより」

「世に名高き御鑓拝借《おやりはいしゃく》、小金井橋十三人斬《ぎ》りの武芸者赤目小籐次が同道してくれますでな。私の体の四百四病も、武名を恐れてどこぞに退散致しましたよ。冥土《めいど》の旅を前に、最後の成田詣でにございます」

「おお、酔いどれ小籐次どのが同乗しておられるか」

小籐次は船番所の役人衆に軽く頭を下げた。

「そちらにおられる御仁が、西国大名四家を向こうに回しての孤軍奮闘、旧主の恥を雪《そそ》がれた武芸者か。大兵《だいひょう》かと思うたが、なりが小さいように見えるがな」

「いかにも、なりは小そうございます。年も召しておられる。じゃが一旦腰間《ようかん》から刃が鞘走《さやばし》ったからには、血を見ぬでは収まりませぬぞ。沼津様方も、赤目小籐次のお顔をよう覚えておきなされ」

「覚えておくと、なんぞ功徳があるかのう」

沼津と呼ばれた役人が問いかけ、

「おお、そうじゃ。近頃中川から行徳にかけて、釣り船を装った利根川水軍を名乗る賊徒が出没するでな、精々気をつけて行かれよ。このところ四艘《そう》が襲われて、金子三百七十五両、人二人の命が奪われておりますでな」

「まさか、日も高い内から賊徒も出ますまい」

「これまでは、大半が夕暮れどきじゃな」

「わが船には酔いどれ様がお乗りじゃ。まあ、間違《まちご》うてもそのような悪党には出くわしますまい」

と挨拶《あいさつ》した船が小名木川を離れて中川へと乗り出した。すると景色が一変した。広々とした葦原《あしはら》の水辺が広がり、なんとも気持ちがよかった。

隅田川と利根川に挟まって江戸の内海に流れ込むために中川と称するが、荒川の分流が熊谷《くまがや》より、利根川の分流が川俣より始まり、二つの流れは猿が俣にて合流し、中川となった。

流れは飯塚、大谷田、亀有、新宿《にいじゅく》を経て、青戸、奥戸、平井、木下川《きねがわ》、小村井《おむらい》、逆井《さかさい》を下って江戸の内海に流れ込む。猿が俣より下流を中川と称し、上を古《ふる》利根川と呼び分けた。

枯れ葦が生える水辺は釣りの名所とか、遠くに釣り船の影が見えた。

「なんとも心が洗われますな」

小籐次が辺りを見回すと、傍らの駿太郎が目を覚まし、

「爺じい、小便がしたい」

と言い出した。

「おお、りこうな孫どのにございますな。爺様は大旦那様の酒の相手じゃ、おこうが手伝いましょうかな」

とおこうが駿太郎を抱こうとすると、

「婆《ばば》よりこっちがいい」

とおあきを差した。

「なにっ、その年で女の選《え》り好みをするとは、末は碌《ろく》な人間になりませんぞ」

と吐き捨てたおこうにくすくすと笑いながらおあきが、

「名はなんですか」

と尋ねると、

「赤目駿太郎」

と答えた。

「おしっこの飛沫《しぶき》が船にかかってもなりません。艫に参りますよ」

とおあきが艫に連れていこうとすると駿太郎が素直に従った。

「赤目様、孫が可愛いのは分ります。親御様がいくら苦労して躾《しっ》けられても、爺様が甘えさせては、女の選り好みをするような男に育ちますぞ」

おこうが苦々しい顔付きで小籐次に言い放った。

「おこう、男なれば物心ついた折りから死ぬるまで女の選り好みはなくならんぞ。あれでこそ男《お》の子よ」

染左衛門が小籐次の代わりに応じ、手にした盃の酒を舐《な》めた。

「そうでございましょうか。私は爺様の赤目様の躾かと存じますがな」

おこうが未だ不満の表情を見せた。

「おこうどの、それがし、爺は爺じゃが駿太郎の親でな」

「おや、赤目様は意外に色好み、女房様がお若いか」

「いえ、いささか事情があってな」

小籐次が刺客の子を引き取ったことを告げた。

「やはり噂は真《まこと》のことか。赤目小籐次を殺しに来た者の子を引き取って育てておったか」

おこうより先に染左衛門が関心を示した。

「駿太郎の父親須藤平八郎どのは心地流の達人にございましてな、御鑓拝借に関《かか》わった大名家の一家に雇われて、それがしの命を狙《ねろ》うことになったのじゃ。暮しに窮して刺客を請け負ったのだが、それがしとの勝負は武芸者同士の尋常な戦いにござった。須藤どのは、自分が敗れた際は駿太郎を頼む、とそれがしに願われたのでござる」

「なんとまあ、おかしなことを」

とおこうが首を傾げた。

「おこう、分らぬか。その辺が、赤目小籐次が江戸の衆に好かれる所以《ゆえん》よ」

「このもくず蟹《がに》が好かれておられますか、大旦那様」

「そなた、過日、市村座で、赤目小籐次が当代きっての立女形《たておやま》岩井半四郎と舞台を踏んだ話を知らぬのか」

「えっ、あの赤目様がこの御仁」

おこうが驚きにのけぞるところに、おあきが駿太郎を連れて戻ってきた。

「赤目様、駿太郎さんは上手におしっこをなさいまして、中川の水で手まで洗われました」

「りこうじゃな、駿太郎」

「爺じい、腹が空《す》いた」

「小便をすれば、次は腹が減ったか」

「おあき、子が好きな菜で飯を食べさせなされ。もう昼餉《ひるげ》の刻限は過ぎておるでな。そなたらも交替で腹ごしらえをなされ」

と染左衛門が許しを与えた。

「駿太郎さん、なにが好きなの」

「めしにとと、」

「ご飯に魚が好きなの。鯖《さば》の焼き物はどう」

駿太郎がにっこりと笑った。

「ならばおあきが食べさせてあげましょうか」

「駿太郎、食べられるぞ」

「そう、一人で食べることができるの」

おあきと駿太郎が屋根船の端で昼餉を食し始めた。

「大旦那様、あの市村座の芝居見物には、北村おりょう様という絶世の美女がお供をなされたそうな。読売《よみうり》で読みましたが」

とおこうが、盃の酒を嬉しそうに飲み干す小籐次を検《あらた》めるように見て、首を横に振った。

「未だ信じられぬか、おこう」

「だれが信じましょうか。このお方があの赤目小籐次様と同じ人物で、眼千両《めせんりよう》の岩井半四郎丈と舞台を踏み、見物席に絶世の美女を侍《はべ》らせておられたなど、なんぞの間違いにございましょう」

「おこう、そなた、よほど男を見る目がないな」

「大旦那様、男を見る目があったゆえ、おこうは今もって独り身なのでございます」

おあきがころころと笑い、それを見た駿太郎も声を上げて笑った。

おこうが二人を睨《にら》み、おあきが首を竦《すく》めると、駿太郎も真似た。

「これ、おあき、そなた、この酔いどれ爺様が市村座の赤目小籐次様と同じ人物と信じられますか」

「おこう様、私は目の前におられる赤目様が、間違いなくあの日の市村座を賑《にぎ》わしたお方と存じます」

「これは驚いた」

おこうが両眼を剝《む》いたのを見て、染左衛門が破顔した。

「ふふっふ。おこう一人が酔いどれ様のよさが分らぬと見えるな」

「大旦那様、抜け上がった額《ひたい》にぎょろ目、大顔に大きな耳が張り出したところなど、どう見ても年老いたもくず蟹。年はすでに五十路《いそじ》を超えておられましょう」

「いかにもだ、おこうどの」

と小籐次も嬉しそうに答えた。

「まこと、岩井半四郎丈と同じ舞台に立たれたのか」

おこうは詰問した。

「成り行きにござる」

「成り行きで杜若《とじゃく》半四郎様と舞台に立ったと仰《おっしゃ》るか。嘘《うそ》であっても半四郎様に申し訳が立ちませぬぞ」

おこうは眼千両が贔屓《ひいき》か、小籐次が同じ舞台に立ったことが許せぬようで、言葉も支離滅裂になってきた。

「大旦那様」

と艫から主船頭の冬三郎が呼んだ。

「中川口番所で聞いた利根川水軍なる輩《やから》じゃございませんかね。最前から、船がわっしらの船を挟み込むように迫ってきます」

冬三郎の言葉に、染左衛門も小籐次も屋根船の左右を見た。確かに釣り船仕度だが、その割には櫓の扱いが早く、二丁櫓か三丁櫓にも早変わりする造りの船が、明らかにこちらの様子を窺《うかが》っていた。

「染左衛門どの、暫時《ざんじ》失礼を致します」

「そなたとおると、あれこれ退屈せずに済む」

「酒を頂戴しているばかりでは、おこうどののそれがしへの心証、ますます悪くなりますでな」

「あやつらが仕掛けてくるにはまだ間がある。ほれ、気付けに二、三杯重ねていきなされ」

冬三郎も、従えた水夫に補助櫓を命じた。だが、すぐには船足を上げず相手の様子を確かめていた。

「酔いどれ様、お訊きしますが、北村おりょう様とは今もお付き合いがございますので」

おこうの関心はこちらにしかない。最前から訊きたくてうずうずしていた感じの問いだった。

「おりょう様とは時にお目にかかっております」

「大番頭《おおばんがしら》水野監物《けんもつ》様のお屋敷に奉公なされる女性《にょしょう》にございましたな」

「いかにもさよう。ですが、ただ今は須崎村に居を構え、歌作に専念なさるお心積もりにござる」

「ほう、御歌学者の家系と聞いておったが、おりょう様は覚悟を決められたか」

染左衛門が問い、

「歌作で身を立てられますので。だれか後見がおられるのでしょうな」

おこうの追及はなかなか止《や》まなかった。

小籐次は迫りくる二艘の釣り船の動きを見ながら、

(はてどうしたものか)

と思案していた。

その耳に染左衛門の言葉が届いた。

「おこう、一首千両の赤目小籐次がついておられるではないか」

「この爺様が後見になりますかね」

おこうはどうしても、岩井半四郎と共演し、北村おりょうと関わりがあることを信じたくないらしい。

「染左衛門どの、いよいよ迫って参りましたぞ。押し込み水軍に間違いございますまい」

「日中、大胆じゃな」

と応じた染左衛門が、

「おこう、そなたの不審を取り除いておこうか。赤目小籐次の背後には、江戸で名高い紙問屋の久慈屋さんやら、御三家の水戸様がついておられることを承知かな」

「いえ、存じません。大旦那様、赤目小籐次という人物、二人ほどいるのでございますよ」

「おこうにはこの酔いどれ様が岩井半四郎の知り合いであってもならず、北村おりょう様と入魂《じっこん》であってもならずか」

「御三家と知り合いだなんて、ある筈もございませんよ、大旦那様」

おこうが小籐次を睨んだとき、小籐次が手にした盃の酒を悠然と飲み干し、

「暫時失礼を致す」

と、改めて孫六兼元と破れ笠を手に立ち上がった。

四

小籐次は屋根船の舳先に出て、利根川水軍と思われる二艘の船を見た。

屋根船の後方半丁に迫り、鉤《かぎ》がついた竹棒を虚空《こくう》に突き出しているのもいた。

やはりただの釣り船ではなかった。

「男衆、障子を閉《た》て回してくれぬか」

と小籐次が命ずると染左衛門が、

「それでは酔いどれ様の独り戦《いくさ》が見えぬではないか」

と文句をつけた。

「見物なさるおつもりか」

「いかぬか」

ふうっ
と息を吐いた小籐次は、

「皆様方、姿勢を低うしてな。頭をできるだけ出さぬようにして下され」

と願うと、

「船頭衆、棹を借りてよいか」

屋根の上には長さが違う何本もの棹がのせられていた。

「好きなものを使って下さい」

冬三郎の返答に棹の長さを確かめた小籐次は、

「三丁櫓で行徳河岸に突っ走りなされ」

と艫の船頭衆に命じた。

屋根船はすでに三丁の櫓を合わせていたが、全力で漕いでいたわけではない。

主船頭の冬三郎が、

「酔いどれ様の命じゃ。三河蔦屋の船頭の意気を見せんかえ！」

と気合いを入れるように大声を発し、戦闘態勢に入った。そして屋根船は、これまで見たこともないほどに船足を上げた。

舳先に立つ小籐次の体に波飛沫があたった。そこへ若い手代の弘吉が姿を見せた。どこに用意してあったか、腰には道中差《どうちゆうざし》があった。もう一人の手代の泰三郎は艫に控えて、船が利根川水軍に襲われたら船頭衆を守り、戦に加わる覚悟を見せていた。

「手伝わせて下さい」

「ならば舳先の守りを願おう。ほれ、姿勢を低うしてな、利根川水軍を長棹で突きまくりなされ。相手をこちらに乗り込ませなければよいことだ」

「畏《かしこ》まりました」

弘吉が三間余の棹を握り、姿勢を低くして構えた。

ひょい
と小籐次の体が舳先から屋根の上に飛び上がった。

「大旦那様、赤目様の身軽さといったら、まるで猫ですよ」

おこうが、いきなり消えた小籐次の動きに驚きを示した。

「おこう、酔いどれ様の真骨頂はこれからじゃぞ。それにしても、屋根に乗られたのでは活躍ぶりが見えぬではないか」

と文句をつけた。

左から船が屋根船に迫ってきた。

小籐次は破れ笠に差し込んだ竹とんぼを抜くと、指に挟んで一気に捻《ひね》った。

ぶうーん
と唸《うな》りを上げた竹とんぼが、屋根船の高さからいったん弧を描いて水面まで下降し、水面すれすれを飛翔すると、今度は利根川水軍の櫓方目掛けて伸びあがるように上昇し、頬をさあっと撫でるように斬った。

一瞬の早業だった。

あっ
と悲鳴を上げた櫓方が櫓を離して船足が落ちた。

「おお、酔いどれ様は飛び道具まで持っておられるぞ」

染左衛門の嬉しそうな声が小籐次の足の下から聞こえてきた。

屋根の棟を跨《また》いで立った小籐次の手には、屋根船に積んである一番長い五間棹があった。五尺一寸に満たない小柄な体が五間棹の真ん中を保持しているところは、まるで綱渡りの軽業師のようだ。

「止まらんかえ。この界隈を縄張りにする利根川水軍坂東太郎左衛門様一味に狙われたのじゃ、有難く思え。止まって有り金そっくり差し出せばよし、命だけは助けてやろうかえ！」

屋根船の右側から迫る船の舳先に仁王立ちになった髭面《ひげづら》が叫んだ。この者が頭《かしら》か、赤柄《あかえ》の槍《やり》を掻《か》い込んでいた。

「坂東太郎左衛門とは大層な名じゃのう。利根川水軍とは笑止なり。関八州《かんはっしゅう》を流れる利根川に失礼千万」

「爺《じじい》、棹なんぞ持ち出してなにをやる気か。命が惜しくば船を止めえ！」

と頭分がさらに叫んだ。

「日中から行徳行きの船を襲うとは大した度胸じゃのう。その馬鹿度胸だけは褒めておこうか」

「爺、名を名乗らんかえ！」

と頭分がさらに問うた。

もはや坂東太郎左衛門一味は、屋根船の真横に迫っていた。

小籐次の足の下から大声が響きわたった。

「江戸は深川の惣名主、三河蔦屋の十二代蔦村染左衛門の船を襲撃するとは、俄《にわ》か水軍、相手を間違えたな」

「なにっ、三河蔦屋の大旦那がわれらの客か」

「いかにもさようじゃ」

染左衛門が屋根の下から鷹揚《おうよう》に応じたものだ。さすがは徳川幕府開闢以来の深川の惣名主の貫禄だ。

「野郎ども、張り切れ。深川一の分限者《ぶげんしゃ》の船、はした金は積んではおるまい」

頭の坂東太郎左衛門が叫ぶと、鉤付きの棒や槍の穂先を虚空に突き出した一統がその言葉に呼応して、

「えいえい、おおっ！」

と叫び返した。

「三河蔦屋、命あっての物種じゃぞ。船を止めて大人《おとな》しく有り金そっくり差し出せ」

「そなたら。屋根の御仁がだれか、未だ知らぬな」

「知らぬ知らぬ、年寄りの冷や水じゃ。中川の流れに落ちて頭を冷やしたときにはもう遅いわ」

ふ、わっはっは

染左衛門が嬉しそうに大笑する声が中川に響きわたった。それを見た老女のおこうが、

「大旦那様がこのように腹の底から力強く笑われるとは、何年ぶりか。魂消《たまげ》た」

と感心した。

「知らずば、この蔦村染左衛門が言うて聞かせようぞ」

「おう、聞こうかえ」

赤柄の槍を立てて、坂東太郎左衛門が余裕の様子で答えた。

「西国大名小城《おぎ》藩ら四家の大名行列に独り主の恥を雪がんと斬り込まれ、行列の名分というべき御鑓の穂先を斬り落として天下に武勇を轟《とどろ》かせた赤目小籐次様こそ、屋根の上の御仁じゃぞ。野州《やしゅう》あたりの悪党にはいささか勿体《もったい》ないが、小金井橋十三人斬りの腕前を試してみるか」

と朗々と息もつかせず、染左衛門が小籐次に代わって名乗りを上げた。

「なにっ！　屋根の上の爺が酔いどれ小籐次か」

「さてどうする、田舎水軍。そなたら、尻に帆をかけて退散するなら今じゃぞ、田舎水軍」

「田舎水軍田舎水軍と蔑《さげす》むでないわ。この坂東太郎左衛門に狙われたが最後、酔いどれ小籐次だろうがなんだろうが、中川の川底に骸《むくろ》を曝《さら》して魚の餌《えさ》になるぞ」

と虚空に立てていた槍の穂先を屋根船へと突き出し、構えてみせた。

同時に、舳先の弘吉と艫の泰三郎が棹を突き出し、利根川水軍坂東太郎左衛門一味を牽制《けんせい》した。

「坂東とやら、それがしの先祖は紛れもなき、瀬戸内から豊後《ぶんご》水道《すいどう》を支配した来《く》島《しま》水軍じゃぞ。東国の俄か水軍と鉢合わせた挨拶代わりに、来島水軍流、棹突きの数手をご披露致そうか」

棟を跨いで屹立《きつりつ》していた小籐次の手の長棹が、左右から迫る二艘の船に向って、目にも留まらぬ早さで突き出された。

小柄な体のどこに五間棹を繰り出す強力《ごうりき》が秘められていたか。まず、右側の船から鉤のついた棒を差し出して屋根船の船縁《ふなべり》にひっかけようとした手先が、胸を突かれて船から落ちた。さらに小籐次の棹が反対側の左手にするすると滑るように突き返されると、槍を保持していた押し込み水軍の副将格が悲鳴を上げて船から流れに飛ばされた。

見事な先制攻撃だ。

「おこう、見たか。酔いどれ小籐次の早業を」

「大旦那様、最前まで大酒を飲んでいたもくず蟹が棹で突いたのですか」

「他にだれがおる」

染左衛門が嬉しそうに笑い、冬だというのに帯に挟んだ扇子を広げるとばたばたと煽《あお》いだ。

「やりやがったな。一気に挟み込め！」

坂東太郎左衛門の命令一下、二艘の利根川水軍の面々が屋根船に襲いかかろうとした。その数、十一、二人か。

その出鼻を挫《くじ》くように小籐次の棹が突き出され、手繰《たぐ》られ、さらに横手に振り回されて、左手から迫る利根川水軍の船の手先どもを一気に水中に叩き落とした。

「おうおう、節分の豆まきのようにぱらぱらと水の中に落ちていきますな。これは見物《みもの》」

老女のおこうも今や身を乗り出して見物していた。

「爺じい、こっちの船がくるぞ」

駿太郎までがおあきの膝《ひざ》の上で叫んで、屋根の上の小籐次に知らせた。

「駿太郎、そなたに教えられんでも、爺にはよう相手が見えておるわ。頭分の坂東太郎左衛門はいくらか骨があろう。どうじゃ、槍合わせをせぬか」
屋根の上から小籐次が一対一の戦いを望んだ。
「おのれ、爺一人、何事かあらん」
浪人上がりの利根川水軍の頭が赤柄の槍を扱《しご》き、屋根の上で踏ん張る小籐次の脇腹目掛けて突き出した。
小籐次は長棹の先で合わせると、くるりと赤柄を巻き込むようにして、弾《はじ》き飛ばした。
赤柄の槍が穂先を煌《きら》めかせて虚空高く飛び、
ぽちゃん
と流れに落ちた。
「来島水軍流五間棹槍飛ばし！」
小籐次が口から出まかせに叫ぶと、驚く坂東太郎左衛門の胸を、
ひょい
と一突きして船中に尻餅《しりもち》を突かせた。さらに立ち竦む手下どもの腰や胸を次々に突き、船の胴の間に転がした。
あっと叫ぶ間もない勝負の決着だった。

二艘に分乗してきた十数人の利根川水軍は、船頭を残して中川の水面であっぷあっぷしたり、船中に転がったりしてすでに戦闘意欲を失っていた。

「主船頭どの、櫓を緩められよ。水に浮かぶ者どもを拾い上げて行徳河岸まで連れて参ろうか」

小籐次の平静な声がして、

「合点にございます」

と冬三郎が櫓に入れた力を緩めた。すると一気に船足が鈍った。

小籐次は利根川水軍の船頭にも、

「そなたら、大人しく従えばよし。抗《あらご》うたり逃げ出したり致さば、酔いどれ小籐次の棹突きを再びお見舞い致すぞ」

と叫んで牽制すると、利根川水軍の船頭らが、

「酔いどれ様、わっしらは金で雇われただけなんでお許し下さい」

と命乞いした。

「よし、ならば水に落ちた者を拾い上げようぞ」

小籐次の命で、今度は流れに浮き沈みする面々を助け上げるために三艘の船が動き出した。

江戸小網町三丁目の河岸より水路三里八丁、下総行徳船着場が見えてきた。土地の人はただ、

「新河岸」

と呼ぶ川湊《かわみなと》は、房総、常陸《ひたち》への街道口にあたり、また佐倉道の八幡宿を経由して手賀沼の木下《きおろし》河岸に向う木下街道の出発地で、水運、徒歩行の要衝だ。新河岸付近には旅人が群がり、旅籠《はたご》、茶屋が商いを競い合う賑わいを見せていた。

その行徳河岸に三河蔦屋の旗印をはためかせた屋根船が到着したのは七つ半（午後五時）の刻限だ。船着場の付近は旅籠の呼び込みやら旅人らで混雑していたが、

「なんじゃ、船には縄で縛られた連中が乗っておるぞ」

「この界隈を騒がす利根川水軍坂東太郎左衛門一味ではないか」

「おおっ、たしかに坂東一統じゃぞ」

新河岸の船頭衆が大声で騒ぎ出した。

「屋根船に乗っておられるのは深川の惣名主、三河蔦屋の染左衛門様ではないか」

「いかにも大旦那様じゃぞ」

と姦《かしま》しく騒ぐところに染左衛門が悠然と舳先に姿を見せて声をかけた。

「行徳の衆、お役人を呼んではくれぬか」

新河岸にいた何人かが番所に走った。

三河蔦屋の屋根船からも、手代の弘吉が旅籠へ知らせに行くのか、姿を消した。

「どうなされた、三河蔦屋の大旦那」

「なあに、利根川水軍を僭称《せんしょう》する雑兵どもがわが屋根船を襲いきたでな。手捕りにしただけのことじゃ」

「そりゃ、大変な捕物だが、まさか大旦那が一人で坂東太郎左衛門一味を捕まえたわけではありますまい」

「いくら雑兵とて手捕りにできるものか。屋根の上に鎮座しておられる連れがちょいちょいとな、突きのめしただけじゃ」

大旦那の染左衛門が屋根に跨って座る赤目小籐次を指差した。

「えっ、あの爺様が坂東太郎左衛門一味を一人で平らげたってか。大旦那、そりゃなんでも無理がございましょう」

「なんの無理などあるものか。皆の衆も、屋根の御仁の名を聞けば得心なされようぞ」

「えっ、名を聞けば得心するですと。あの爺様は一体全体どなた様で」

「聞いて驚かれるな。江都《こうと》に武勇を轟かせた御鑓拝借の武芸者、来島水軍流の遣い手赤目小籐次じゃぞ」

「おお、酔いどれ小籐次様にございましたか」

新河岸がさらにどよめいた。

大勢の視線が小籐次に集中する中、屋根に立ち上がった小籐次の目に、薄く立ち昇る煙が見えた。

「染左衛門どの、遠くで煙が何筋も立ち昇っておるが、なんの煙にございましょうな」

と小手を翳《かざ》して尋ねた。

「おお、あの煙か。行徳海岸の塩田で塩水を釜《かま》で炊く煙じゃな」

「ほう、こちらは塩が特産でござるか」

「新河岸にも地廻りの塩問屋が何軒もある」

「ほほう、行徳河岸とはなかなかの繁華な船着場にござるな」

と呟くと、

ひょい
と屋根船の上から船着場の橋板に跳んだ。橋板が鳴るどころか、空気もそよとさえ動かなかった。

「呆《あき》れた。酔いどれ様の身の軽いこと」

「あれでこそ剣術の達人じゃな」

などと新河岸の見物人が騒ぐ中、行徳河岸の川役人やら宿役人が駆け付けてきた。

「なに、そなた一人で利根川水軍の輩を手捕りになされたか」

宿役人の一人が、小籐次の体つきとなりを見て疑わしそうに洩らした。

「お役人、そのような言辞を弄《ろう》しては、あとで困ることにならぬか」

とすでに小籐次が何者か承知の旅人が口を挟んだ。

「なんぞ曰《いわ》くのある御仁か」

「赤目小籐次、またの名を酔いどれ小籐次では、下総行徳河岸では通じませぬかな」

ごくり
と役人が息を呑《の》み込んだ。

「なに、このお方が、あの御鑓拝借の武芸者か」

と小籐次を改めて見た。

「お役人、利根川水軍なる輩、お渡し致しますぞ」

「畏まった」

と応じたのは川役人で、

「三河蔦屋の大旦那、旅籠はいつもの小金屋でようございますな」

と染左衛門に尋ねた。

「いかにも小金屋にお世話になる心積もりです」

と染左衛門が答えたところに、手代の弘吉と小金屋の番頭が走って姿を見せた。

「大旦那様、お元気そうでなによりです」

初老の番頭が染左衛門に腰を折って丁寧《ていねい》に挨拶した。

「おお、番頭さん、もはや行徳河岸を訪ねることも成田山新勝寺詣でも無理じゃろうと諦《あきら》めておりましたがな。こうして再び来ることができました」

「道中、利根川水軍に襲われたそうで、大変な目に遭われましたな」

「番頭さん、大変な目に遭うたのは相手でな。ほれ、あそこに数珠《じゅず》つなぎになっておるのが、悪さを働いておった面々ですよ」

と指差した染左衛門が、

「今宵は座敷に四斗樽を据えて下されよ」

「赤目小籐次様がご同道じゃそうな」

「そういうことです」

と応じる染左衛門に手代の弘吉が、

「大旦那様、番頭さんの案内で、皆様と先に小金屋に入って下さいまし。私どもは船の始末をして後から参ります」

とてきぱきと段取りをつけた。

「ならばそうさせてもらいましょうかな」

一行が新河岸から小金屋に向おうとすると、

「酔いどれ小籐次、天下一！」

と言う声が冬空に響き渡った。

第二章　神社の出会い

一

翌朝六つ（午前六時）前、三河蔦屋一行は行徳河岸の旅籠小金屋を、大勢の奉公人に見送られて出立《しゅったつ》しようとしていた。

「大旦那様、また帰りにお待ちしておりますよ」

「船はうちがしっかりと預かっておりますでな。ご安心下され」

小金屋の主夫婦の孝右衛門とおもんに挨拶されて、

「いや、昨夜《ゆうべ》は楽しかった。また寄せてもらいますよ」

と上機嫌の染左衛門が駕籠《かご》に乗り込んだ。

草鞋《わらじ》の紐《ひも》もしっかりと結んで破れ笠を被《かぶ》った小籐次が駕籠の傍らに従った。染左衛門の他には駕籠で行くのは老女のおこうだけだ。

主船頭の冬三郎ら漕ぎ方三人も、男衆の弘吉、泰三郎らと一緒にここからは徒歩行であり、おあきに手を引かれた駿太郎も張り切っていた。

「赤目様、昨夜の酒は残っておりませんか」

孝右衛門が小籐次に訊いた。

「下総もなかなかの酒どころですな。さすがに切れのよい美酒にござった。お蔭さまですっきりとした朝にござる」

「酔いどれ様にとって三、四升ばかりの酒は、飲んだうちにも入りませぬか」

と孝右衛門が笑った。

昨夕、小金屋の二階座敷に入った染左衛門は小籐次を従え、早速湯殿に向った。旅に出ると、旅籠に着いて湯に入るのがなによりの楽しみという染左衛門だ。

小金屋でも心得ており、一番湯を深川の惣名主に願った。

まだ夕暮れの明かりが差し込む湯殿で染左衛門はかかり湯を使い、小籐次が湯船の新湯《さらゆ》を搔き混ぜてあたりを柔らかくした。

「染左衛門どの、湯加減はどうですかな」

湯に手を浸けた染左衛門が、

「なかなかの、まるで人肌の燗《かん》のようじゃ」

と小籐次の気遣いに感じ入りながらも太った体を一番風呂に沈め、

「ほれ、酔いどれ様も入ったり入ったり」

と誘った。

小籐次も小軀《しょうく》ながら引き締まった体を湯に浸けて、

「おお、極楽にござるな」

「船旅ゆえ赤目小籐次も汗はかくまいと思うたが、利根川水軍がわれらの旅に興を添えてくれた。酔いどれ様お一人に働かせてしもうたな」

染左衛門が上機嫌に笑いかけた。

小籐次は、深川の屋敷で多くの奉公人にかしずかれ、じいっとしている日々より、染左衛門の顔色が段々とよくなっているのではないかと感じていた。

冬の凜《りん》とした空気に触れ、中川の景色に身を置くことで、体内に溜まっていた毒素が知らず知らずの内に体の外に出ているのであろうか。

「あれでは体の動かし方が足りませぬ」

「酒が美味《うま》くなるほど体を動かしたわけではないとな」

「まあ、そのようなところにござる」

染左衛門と小籐次が座敷に戻ると、駿太郎もおこうとおあきと一緒に小金屋の内湯に入ったとかで、さっぱりとした浴衣《ゆかた》を着せられて、

「爺じい、ゆがながい」

と文句をつけてきた。

「染左衛門どのと語ろうていたでな。長湯になったわ」

二階座敷にはすでに四斗樽が据えられて膳も運び込まれ、船の後片付けをしていた主船頭の冬三郎ら男衆も小金屋入りして、直ぐに夕餉《ゆうげ》が始まった。

この場に行徳河岸の川役人が駆け付けてきて、利根川水軍一味を手捕りした礼を改めて述べたために、染左衛門が宴《うたげ》に招いて加わり、賑やかになったせいで小籐次も三、四升の酒を飲んだか。

それでも旅の酒だ。

五つ半（午後九時）には宴を切り上げて床に就き、起きたのが七つ半（午前五時）だ。

すべて染左衛門の体調を考えてののんびり道中、

「旅は七つ発ち」

の鉄則を無視しての遅発ちだ。

一行はまず佐倉道に出るために、行徳河岸を起点にする木下《きおろし》街道を八幡宿に向う。すると松林の向こうに塩田が広がる光景が見え、釜ゆでする煙があちらこちらから立ち昇って一行の旅情を掻き立てた。

「おお、染左衛門どの、あれが行徳名物の塩づくりの煙ですな」

「酔いどれ様、昨日も煙のことを問われたが、塩田の煙を見るのは初めてかな」

「それがし、生まれついての下屋敷暮らし、厩番《うまやばん》が仕事にございましてな。父が亡くなり俸禄を初めて頂戴するようになりましたが、最初の年はなんと一両二分。物見遊山の旅など夢のまた夢。用人、女衆とひたすら竹細工の内職の毎日でございまして、道中など思いもよらぬことでした」

「ほう、大名家の下屋敷暮らしがそれほどひどいものとは。一両二分とは下女の俸給以下じゃな」

「下屋敷を辞するとき、三両一人扶持《いちにんぶち》に上がっておりましたが、借り上げ借り上げでまともに頂戴した年はござらぬ。屋敷の外に出て久慈屋どのに世話になり、町家の暮らしはなんと極楽じゃと気付いたほどで」

と答えた小籐次に、ほうほうと、染左衛門が簾《すだれ》を上げた駕籠の中から相槌《あいづち》を打った。他愛もない小籐次の話が染左衛門にとっては面白いらしい。

小籐次は傍らでおあきの手に引かれて従う駿太郎に、

「駿太郎、よく見ておけ。塩田じゃぞ」

と教えた。

「しおたとはなんだ、爺じい」

「海の水は塩を含んでおろう。それを天日に干したり釜で煮出したりして塩をつくっておるのよ」

「爺じい、どこへ行く」

駿太郎の関心はもはや塩田から飛んでいた。

「成田山新勝寺詣でじゃぞ」

「いつつくか」

と訊く駿太郎に、

「駿太郎さん、もう旅が飽きたの」

とおあきが問い返した。

「きいただけだ」

なら教えてあげます、とおあきが言い出した。

「今歩いている道が木下街道です。もう直ぐ佐倉道、成田街道の八幡宿と交わります。駿太郎さんとあきは右に折れて佐倉道を進みます」

「駕籠の爺じいはどうする」

「皆さんも一緒です」

「そうか」

駿太郎が安心したように答えた。

小籐次は駿太郎の受け答えもしっかりとしてきたなと成長が嬉しかった。

「駿太郎さんも私も皆様も佐倉道を辿《たど》り、船橋、大和田、臼井、佐倉、酒々井、寺台と先へ進みます。成田山新勝寺は寺台からちょっと北に外れたところにあるお寺様です。此処《ここ》から十一、二里はありますからね、今日には着きませんよ」

とおあきが駿太郎に説明した。

「おあきさんはよう承知じゃな」

「赤目様、私は佐倉領内から三河蔦屋に奉公に来たのです。二年前にこの道を、お父《とっ》つぁんに連れられて辿りました」

「おお、生まれ在所が佐倉領内であったか」

「はい。旦那様はきっと私の在所をご存じで、成田詣でに連れていくことを考えられたのでございましょう」

「そうか。おあきさんはよいところに奉公なされたな」

「はい」

と素直に頷いたおあきが、

「赤目様のお屋敷勤めの給金が年三両だと聞いて、私、びっくり致しました」

「そなたの俸給より随分と安かろう。それも半分と払われたことがない。それでも、飢えもせずこうして生きてきた。武家奉公が世間並みではないということを、外に出て知ったくらいだ」

ふっふっふ
と染左衛門の笑い声が駕籠から洩れて、

「酔いどれ様の欲のないことよ。話が面白いのは、おあき、それではないぞ。殿様が千代田の城中で朋輩《ほうばい》に恥を掻かされたにもかかわらず、殿様のおそば近くに奉公する重臣方も近習《きんじゅ》衆もなんの行動も起こされなかった。ただ一人下屋敷に勤める厩番の赤目小籐次が、奉公を辞して主君の恥を雪がれたのじゃ。赤穂義士の武家魂は遠くに去ったものよ」

と嘆き、さらに、

「天下を騒がす赤目小籐次を育てたのは武家奉公の貧しさかもしれぬな。もはや四民の上に立つのが武家だという威張りくさった時代は、とっくに終わっておる。それでも江戸の七割方を武家屋敷が占め、その中で暮らしているかぎり不自由はないと思わされてきたのじゃ」

「染左衛門どのが言われるとおり、下屋敷におれば夏冬のお仕着せを何年かに一度頂戴し、食べるものもなんとか口にできましたでな。生きていくには不自由は感じませんでした」

「酔いどれ様、若い折りは、酒が飲みたい、岡場所にも行ってみたい、などとは考えられなかったか」

今度はふっふっふと小籐次が思い出し笑いをした。

「その笑い方ではなんぞありそうな」

「染左衛門どのは口上手にござる。それがしの若い頃の悪さを喋れとな」

「旅の徒然《つれづれ》にそれもよかろう」

と染左衛門が答えたとき、木下街道と、江戸から来た佐倉道、成田街道の分岐に差し掛かった。最前おあきが駿太郎に説明したように、一行は成田を目指して東に折れた。

「下屋敷奉公の厩番の倅が近くの屋敷の中間《ちゅうげん》に誘われて、最初は賭場《とば》の見張りなんぞをして小銭を貰《もら》い、それで甘いものなんぞを買う癖をつけたのは十四、五の頃のことでしたか」

「酔いどれ様が甘いものとはまた可愛らしいことじゃな」

「なにしろ下屋敷で甘いものといえば、ときに薩摩《さつま》芋《いも》を食するくらいでございますからな。甘味屋で焼餅が入った汁粉なんぞを食べたときには、世の中にこのような美味があろうかと腰を抜かすくらい驚きましたぞ」

うわっはっは
と染左衛門が大声を上げて笑った。

「天下の酔いどれ様が汁粉一杯で腰を抜かされたか」

「腰は抜かしませんでしたが、それほど驚きました」

「酒の味を覚えたのはずっと後かな」

「いや、汁粉を知った半年後くらいでしたか。賭場が終わった後、どこぞの客が男衆に酒代をくれたらしく、その祝儀を持ってそれがし、酒屋に購《あがな》いに行かされましてな。その後、酒癖の悪い中間頭に茶碗酒を飲めと無理強いされたのが最初にござる。その折り、悪酔いして、かようなもののどこが美味い、汁粉のほうがどれほど美味いかと思うたものです。屋敷の長屋に戻ったとき、親父に酒を飲んでいることを見つかり、ひどい折檻《せっかん》を受け申した。下屋敷の森の中に、国許《くにもと》から勧請《かんじょう》した三島宮があり、そこの楠《くすのき》の大木の枝に飯なし水なしで三日三晩、この身を吊るされておりました。本式に酒の味を覚えたのは親父が死んだ折り、それがしは三十二、三になっておったか」

「ほう、気骨のある親父様にございますな」

「それがし、その親父から来島水軍流の剣法を教わり申した。五つの年からでござる。しかし、教わる習うなどという生易《なまやさ》しいものではございませんでな。五つの子を叩きのめし打ちのめして五体に覚え込ませる、戦場往来の実戦剣法ゆえ、死ぬまで親父の伊蔵には逆らうことができませせなんだ」

「天下の酔いどれ様も親父様にはかなわなかったか」

「母親のさいはそれがしを産んだ直後、産褥熱《さんじょくねつ》に侵されて亡くなったゆえ、母親の顔を知りませぬ。そのためか、親父の躾はいささか過剰なほどひどいものにござった」

「赤目様、おっ母《か》様を知らぬのでございますか」

とおあきが訊く。

「母親とは父のように怖いものとばかり思うてきて、それが違うと分ったのは十歳になった頃かのう。中屋敷から下屋敷に、子供を三人連れた夫婦者が引っ越してきてな。一家で膳を並べる光景など見て、うちとはだいぶ違うと思うたものじゃ」

「お気の毒に」

「おあきさん、駿太郎も母御の顔を知らぬでな、われらはなんとのう境遇が似ておるのじゃ。されど駿太郎の父御の須藤平八郎どのは、駿太郎に実に優しい父御でござった」

話している内に、八幡から一里半の船橋宿に差し掛かっていた。

「駕籠屋、急ぐ旅でもない、止めなされ。船橋大神宮にお参りしていこうかな」

染左衛門が行徳で雇った駕籠屋に命じた。

船橋は江戸の内海の東に位置し、古くからの風待ち湊だった。ために海の神として信仰を集める意富比《おおひ》神社、里人に船橋大神宮と呼ばれる神社が鎮座していた。

染左衛門の思い付きで佐倉道を外れた一行は、意富比神社の鳥居の前で駕籠を止めた。

「なかなか立派な神門にございますな」

「祭神は天照皇大神《あまてらすすめおおかみ》様でな。関東の一の宮じゃ」

駕籠で足を動かせなかった染左衛門とおこうのためにゆっくりと拝殿まで歩き、拝礼して気分を変えた。

染左衛門が意富比神社の神官と知り合いゆえ、挨拶をしてこようと社務所に手代の弘吉を連れて訪う間、小籐次らは鳥居前に止めた駕籠の前で染左衛門が戻ってくるのを待つことにした。

駿太郎はおあきと地べたに絵を描《か》いて遊んでいる。

「冬三郎どの、本日の泊まりはどこであろうな」

と小籐次は主船頭に尋ねた。

「ここから佐倉領内大和田宿まで三里九丁、そこから臼井までが一里ちょっと。いくらのんびり旅でもそこいら辺りまでは到着しましょう。明日の残りの旅程は、佐倉城下まで一里九丁、佐倉から酒々井までが同じ道のりで、最後の寺台から成田までが二里にございます。昼前には到着しましょうな」

とたちどころに冬三郎が今日と明日の旅程を推測してみせた。

四半刻《しはんとき》（三十分）の時が流れたか。

社務所から染左衛門と弘吉が姿を見せた。

それを見た冬三郎が、

「大旦那が戻ってこられた。駕籠屋さん、頼む」

と一行に出立の命を伝えた。

煙草をくゆらしていた駕籠屋が慌てて、雁首の刻みをぽんぽんと叩いて捨てた。

小籐次は、鳥居を潜って染左衛門を迎えに行こうとした。

そのとき、染左衛門が拝殿に向い、別れの一礼をなした。

その姿に目を留めた者がいた。

縞《しま》の羽織を着た壮年の男が足を止め、染左衛門を確かめる風情を見せていた。

浅黒い顔の男は堅気の人間ではない。羽織の下に銀拵《ぎんごしら》えの長脇差《ながわきざし》を差し込み、煙草入れも同じく革に銀金具が嵌《は》め込まれていた。

渡世人一家を束ねる親分といった形《なり》の男だった。そして、用心棒風の一人の連れがいた。剣客か町道場の主といったところか。

染左衛門が拝礼を終え、こちらに向き直ろうとして男と視線を交わらせた。染左衛門は目が合った相手に会釈をして、男もまた軽く頭を下げただけだった。

染左衛門は相手の男とは一面識もないらしく、男もまた染左衛門は承知だが、互いに挨拶や話をした仲ではないように見受けられた。

小籐次は男の態度に訝しいものを感じた。

染左衛門は手代の弘吉に手をとられて、ゆっくりと小籐次のほうへ歩いてきた。

小籐次は男と連れの剣客の様子を見ていた。

二人は意富比神社の拝殿に向き直り、並んで拝礼した。その姿勢のまま、男が剣客に何事か話しかけたようだった。

「待たせてしもうたな」

染左衛門が一行の待つ鳥居前まで来て駕籠に乗り込んだ。

佐倉道に戻った一行は、三里九丁先の佐倉藩堀田家領内大和田宿を目指して進み始めた。

「染左衛門どの。最前、拝殿前で挨拶を交わしておられたが、知り合いにござるか」

小籐次の問いに染左衛門が、

「えっ、私がだれかと挨拶したと言われるか」

「縞羽織の男と目を合わされたかに見えましたのでな」

「ああ、あの御仁か。目が合うたので会釈しただけじゃ。それがどうかしたかな」

「いえ、なんとのう知り合いかなと思うてな」

「すれ違っただけのお方じゃ」

と答えた染左衛門の関心は通りすがりの町並みにいっていた。

小籐次は駿太郎に話しかける振りをして後ろを見た。すると半丁後ろに剣客の姿があった。

二

佐倉道は旅には穏やかな日和《ひより》だった。風もなく、陽射《ひざ》しがのんびりと街道に降っていた。

そんな心地よい日和に誘われて、船橋大神宮に詣でた後、二丁の駕籠を真ん中にした一行は淡々と大和田宿を目指した。

行徳河岸で雇った二丁の駕籠屋は成田まで同行する約束だ。だから急ぐようなことはせず、主の染左衛門の様子を見ながら進んでいく。そのせいか、染左衛門は駕籠の中で居眠りを始めた。

「駕籠屋さん、ちょっと止まって下さい」

とおあきが用意していた綿入れを染左衛門の膝にかけた。だが、染左衛門が目覚める様子はない。

「おあきさん、駿太郎の世話をさせて染左衛門どのの世話に不足があってはならぬ。駿太郎はそれがしが手を引こう」

「いえ、駿太郎さんはしっかりとしたお子です。なんの迷惑もございませんし、こうして大旦那様の様子を見ながら駿太郎さんと参りますから大丈夫です」

おあきは駿太郎と一緒に道中をすることを望んだ。駿太郎も、

「爺じい、駿太郎は姉ちゃんと一緒がいい」

と言い出し、今までどおりに駿太郎の世話はおあきに任せた。

染左衛門は鼾《いびき》をかいて深い眠りに落ちた。

それを見届けた小籐次は、一行の最後尾に従う主船頭の冬三郎のもとへ戻った。

冬三郎の配下の水夫二人は、背に染左衛門の荷を負って黙々と歩んでいる。

「冬三郎どのは佐倉道をようご存じのようじゃな」

「大旦那が元気な頃は、正月、五月、九月と、年に三度お供したこともありました。街道になにがあるかはおよそ承知しておりますよ」

「ほう、年に三度な」

「正月は格別にして、仲夏五月と晩秋九月は江戸からの成田山詣でが多いのです。

そこで成田山新勝寺の出開帳総頭取の大旦那にも成田からお呼びがかかるってわけです。永代寺の出開帳がある年や市川宗家の歌舞伎上演があるときは臨時に出かけられますので、さらに成田詣でが多うございましたよ」

冬三郎は染左衛門の元気な頃を懐かしむように小籐次に説明した。

「今宵は大和田宿か、臼井宿泊まりと言われたな」

「大旦那の具合次第でございますよ。どちらにしても旅籠の心配はいりません」

「冬三郎どの。佐倉城下にも当然、三河蔦屋の知り合いの旅籠がござろうな」

「むろんございます。堀田家所縁《ゆかり》のふだい佐倉屋は代々付き合いがございます」

となぜそのようなことを訊くかという顔で冬三郎が見た。

「染左衛門どのは居眠りをしておられる」

と小籐次が一旦話題を転じた。

「やはり旅に出て気持ちが高ぶり、疲れが生じたかな」

「なんにしても無理は禁物にございますね」

小籐次は、船橋大神宮より尾行者が従っていることを冬三郎に告げた。

「大神宮を出立する折り、赤目様が大旦那に知り合いかと尋ねられるのを、わっしも聞いておりました。あの男の連れだった侍がわっしらの後に従っておりますので」

と応じた冬三郎は路傍にしゃがむと、草鞋の紐を結び直すふりをして後方を確かめていた。

小籐次は冬三郎の行動には構わず行列に従った。すぐにあとを追いかけてきた冬三郎が、

「たしかに縞羽織の男に従っていた浪人者ですね。腕が立ちそうな面構《つらがま》えだ」

「そこそこの腕前であろう。だが、あやつ、一人でなにかを仕掛けることはござるまい」

と小籐次が請け合った。

「頭分は渡世人の親分でしょうな」

冬三郎も記憶を辿り、訊いた。

「間違いござらぬ」

「男が仲間を連れてあとを追ってくると、赤目様は考えておられるので」

「おそらくそんなところかと」

「それで佐倉城下泊まりを勧められるのですね」

「むろん染左衛門どのの気持ち次第じゃが」

「手代の二人に、このことを知らせておいたほうがようございましょうな」

と冬三郎が小籐次を立てて訊いた。

「冬三郎どのは腕に覚えがありそうじゃ。まずあやつが一人で動くことはないと見たが、しんがりの警護を願えようか。前を行く手代どのにはわしが話しておこう」

冬三郎は杖代《つえ》わりに五尺ほどの棒を携えていた。

「天下の酔いどれ様に言われると、こちとら、ちと恥ずかしいや。三河蔦屋は酒問屋でもございますから、四斗樽の荷積みなんぞを若い頃からやっております。だから力だけはございますよ」

と苦笑いする冬三郎にしんがりの警護を任せた小籐次は、行列の先頭に向った。

手代の弘吉と泰三郎が先導役を務めていた。二人の手代はほぼ同じ年頃、二十三、四だろう。おっとりとした泰三郎より弘吉のほうが機転も利き、身も軽かった。

「どんな按排《あんばい》かな」

「船橋から二里は来たでしょうか。大和田宿まで半道ですね」

「赤目様、昼餉は大旦那様が目を覚まされてからと考えております」

と二人の手代が口々に答えた。

「この辺りでは大和田が一番大きな宿ですから、できることなら大和田で昼餉を済ませとうございます」

「昼餉の後、臼井を経て佐倉まで足を延ばせようか」

「佐倉城下となると、着くのは五つ（午後八時）を過ぎましょう」

訝しげに見返す弘吉に小籐次が事情を告げた。

「えっ、そんな厄介者が従っておりますので」

泰三郎が慌てて振り向こうとした。

「知らぬふりがよかろう」

小籐次が泰三郎の動きを諫《いさ》めると、

「万一の場合にそなえて大きな宿場に泊まるほうがよかろうと、冬三郎さんと話し合うておる」

と二人の手代に告げた。

「これからは、相手の動きを見つつ臨機応変に行動すればよろしゅうございますね、赤目様」

「弘吉どの、それがなによりじゃ」

駕籠二丁の前後を固める男衆に事情を告げ終えた小籐次は、染左衛門の駕籠に戻った。相変わらず鼾は続いていたが、老女のおこうの駕籠が止まり、駕籠かきが草履を揃えていた。

「おこうどの、足を伸ばしとうなられたか」

「駕籠は楽ですが、退屈です」

おこうが小籐次に笑いかけた。

駕籠かきから竹杖を貰ったおこうは小籐次と肩を並べた。

「半刻もすれば大和田宿に到着致そう」

お天道《てんと》様の位置を確かめ、刻限を察したおこうが、

「大和田宿の丸屋の田舎蕎麦が大旦那様の好物ですよ、赤目様」

「起こされるか」

「大旦那様は眠っておられるようで起きておられ、起きておられるようで眠っておられます。間違いなく大和田宿に入ったところで目を覚まされ、おこう、田舎蕎麦を食していこう、と言われます」

と長年の奉公で染左衛門のことをとくと承知の老女がご託宣した。

「それは好都合」

「酔いどれ様もお腹が空きましたか」

「まあ、それもござる」

と小籐次は受け流し、おこうには尾行者のあることは告げなかった。女衆に心配の種を話して心を煩わすこともないと思ったからだ。

「私は、こたびの唐突な成田山新勝寺詣でに不安を感じました」

「染左衛門どのの体を考えられての不安じゃな」

「正直申して、大旦那様の思い付きにそなた様が即座に賛同するなど、考えもしませんでしたからな。いささか恨みもしました」

「それは迷惑をお掛け申した」

「もっとも、大旦那様は一旦口になされたことは必ず実行なさいます」

「わしが諾と言おうが否と言おうが、同じことであったか」

「こたびの道中、そなた様という同行者を得た上で、大旦那様は行こうと考えられたことです」

「そうでござろうか」

「間違いなくそうです。今ではそなた様が快く引き受けてくれたことに感謝しております」

おこうが思いがけない言葉を口にした。

二人だけの会話だ。低い声で話されるために、同行者のだれに聞かれる心配もない。

「酔いどれ様、大旦那様のお加減どう思われます」

「ご気分はさほど悪くないと思うておりますがな」

「そう、旅に出られて顔色もよくなられました。この分なれば成田山新勝寺詣でも無事に済まされましょう」

「おこうどの、染左衛門どのは悪い病に罹《かか》っておられるのか」

小籐次がずばりと訊いた。

「そなた様ゆえ正直に申しますが、お出入りの医師から蘭学の医師まで何人もの医師の診立《みた》てを仰ぎました。胃の腑《ふ》に腫瘍《しゆよう》ができているとか、それもかなり重い状態じゃそうな。蘭学の医師は長くて半年と言われました」

「それはいつのことで」

「春先のことです。お医師の言葉を信じれば、今日明日寿命が尽きても不思議ではございません。この話、知っているのは、三河蔦屋では藤四郎様、大番頭の中右衛門さんに私の三人だけです。それを私の一存でそなた様に話しました」

おこうはこのことを告げたくて駕籠を下り、小籐次と肩を並べたようだった。

「酔いどれ様、昨日からの旅で、そなた様を信頼に足る人物と見ました。また大旦那様もそなた様に全幅の信頼をおいておられます。ですから、万が一のときのために話しました」

「おこうどのの気持ち、しかと受け止め申した」

ふうっ
とおこうが大きな息を一つ吐いて、

「胸のつかえが少し減じました」

「その分、わしの気が重うなった」

三河蔦屋の当代の染左衛門は、自らの死を覚悟して最後の成田山新勝寺詣でを言い出したのだろう。

「大旦那様はそなた様のことをあれこれと調べさせていたようです。一月《ひとつき》前、藤四郎様ご一家が本家の拐《かどわ》かしに遭ったとき、大旦那様はそなた様の力に縋《すが》られた。そなた様は見事にご一家三人を助け出された」

「大した働きをしたわけではござらぬ」

「いえ、大旦那様がこのような病に罹られた折りも折り、藤四郎様、佐保様、小太郎様が亡くなられたら、三河蔦屋の血筋は絶えました。それをそなた様が救われたのです」

小籐次は思わぬ話の成り行きに返す言葉を失った。

「おこうどの、なんぞわしが為《な》すべきことがあろうか」

「最後の成田山詣でです。大旦那様には存分に楽しんで頂きとうございます」

と忠義な老女が答えた。その言葉に嘘偽りは感じられない。

「いかにもさようでござるな」

と小籐次が応じたとき、

「おお、いつの間にやら大和田宿に差し掛かっておるではないか。おこう、丸屋の田舎蕎麦を食していこうぞ」

と染左衛門の声が駕籠から響いて、

「大旦那様、お腹が空きましたか」

「朝餉《あさげ》を食したかどうか忘れたほどじゃぞ、おこう」

「なら丸屋に立ち寄りましょう」

おこうが先導の弘吉と泰三郎に知らせた。

「よう眠っておられましたな」

と小籐次が目覚めた染左衛門に話しかけた。

「まあ、ここ数年、眠っておるのか起きておるのか自分でも分らぬでな。その程度の生き方よ」

「半覚半睡、これぞ生き方の極意にござろう。いや、万事に通じる言葉かと存ずる。それを三河蔦屋の染左衛門どのは実践しておられる」

「ほう、私の居眠り暮らしは生き方の極意とな」

「それがし、未だそのような境地に達しておりませぬ」

「酔いどれ様、剣術ではこの極意遣えまい」

「いや、剣術でこそ半覚半睡は奥義《おうぎ》にござる。夢うつつに剣を構えて相手に対峙《たいじ》できれば、もはやその時点で勝負は決したも同然です」

「酔いどれ様は未だその域に達しておらぬと言われるか」

「赤目小籐次の来島水軍流、未だ青臭《あおくそ》うござるな。理屈やら力で捏《こ》ねまわしている業前にございますよ」

ふっふっふ

と含み笑いした染左衛門が、

「数多《あまた》の剣術家に聞かせたい言葉じゃな」

と大きく首肯したとき、駕籠が、

「大和田宿名物　田舎蕎麦」

と暖簾《のれん》に染め出された丸屋に到着した。

小籐次は染左衛門一行が囲炉裏のある座敷に上がったのを見届け、蕎麦屋の裏庭に出て厠《かわや》を使い、井戸端で手を洗った。するとそこに冬三郎が姿を見せた。

「赤目様、あの御仁も丸屋に入りましたぜ」

「ほう、呉越同舟か」

「店の女衆に酒を注文して、筆と紙を借り受けたいと言いました」

「頭分に文を届ける気であろうな」

まあ、そんなところと見ましたがね、と応じた冬三郎が、

「うちの大旦那とどのような関わりがあるんでございますかね」

と首を捻り、

「最前から、あれこれと昔のことを思い出しておりました。いえね、うちの親父が三河蔦屋に奉公していた時分の成田詣でとなると、供の奉公人を何十人と従え、千両箱から小判を摑《つか》み出して祝儀にしたという話も伝わっているくらいです。ひょっとしたら、三河蔦屋の道中には千両箱を携えていると勘違いした盗人《ぬすっと》の類《たぐい》が、

目をつけたか」

「ほう、三河蔦屋の威勢は、やはり昔のほうが凄《すさ》まじかったのでござるか」

「比較になりませんや。深川惣名主を幕府がお許しになり、下り酒の商いの権利を、深川、本所から水戸街道、日光街道、佐倉街道の宿場まで持っていた頃には、代々の染左衛門が水戸に行くにも息がかかっていない土地はなかったというくらい、縄張りは広かったそうな。ですが、先代あたりから商いの競争相手も増えて、三河蔦屋の威光も薄れました」

と冬三郎が小籐次に昔話をした。首肯した小籐次が、

「勘違いかどうか、今しばらく様子を窺い、狙いがやはり染左衛門どのと分った暁には、染左衛門どのに事情を話さねばなるまいな」

「まあ、今の内から大旦那の気持ちを煩わすこともありませんや」

冬三郎も小籐次と同じ考えを示した。

手を洗った小籐次と冬三郎が囲炉裏のある座敷に戻ると、なんと一行の尾行者が囲炉裏端にいて、染左衛門と談笑していた。

「さすがは深川の惣名主どのの成田山詣でですな。奉公人に用心棒まで同道しておられますか」

と尾行者が小籐次を見ながら染左衛門に訊いた。

「用心棒などではございませんよ」

「用心棒にしてはいささか年を食い過ぎておりますな。すると話し相手ですかな」

「二宮連太郎様は、赤目の名に覚えはございませんかな」

小籐次と冬三郎も、二宮と呼ばれた剣客の傍らに座を占めた。

「赤目な」

と小籐次をじろじろと無遠慮に睨んだ二宮が、

「赤目とは、まさか酔いどれ小籐次のことではあるまいな」

「二宮様、その酔いどれ様、赤目小籐次がこの目の前のお方ですよ」

ごくり、と二宮が唾《つば》を呑む音がした。

「御鑓拝借の」

「そうです。小金井橋で十三人斬りの勲《いさお》しを立てられた酔いどれ様ですよ」

「それはなんとも心強いかぎり」

「とは申せ、成田山新勝寺詣でにご同行願うたのは、二宮様が言われたように話し相手でございますよ」

それはそれは、と曖昧《あいまい》な返答をした二宮が、

「それがし、急に用を思い出した。先に参るでこれにて失礼致す」

と慌ただしくも囲炉裏端を立った。

「大旦那、あの二宮とやらが船橋の意富比神社の拝殿前にいた侍であることはご存じですか」

と冬三郎が訊いた。

「むろん承知じゃ。二宮様は、たしかに拝殿前にいたのはそれがしだが、連れなどなかった、縞羽織の男は知り合いではない、と答えたがな」

三

丸屋の田舎蕎麦は蕎麦粉だけで打たれたもので、色は黒く腰があってしこしこと歯ごたえがあり、なかなかの野趣あふれたものだった。鴨肉《かもにく》と葱《ねぎ》の具とだしが絶妙で、手代の弘吉や駕籠屋などはお代わりをした。

駿太郎も大人なみに食べ、染左衛門も汁だけを残してほとんど食した。

小籐次は染左衛門の勧めに応じて、蕎麦をあてに酒一合を楽しんだ。

腹ごしらえを終えた一行は、丸屋の奉公人らに見送られて再び佐倉道に出た。刻限は八つ（午後二時）近くになっていた。

駕籠を真ん中にした行列は変わりない。先導役の弘吉が、

「二里先の臼井を目指します。できることなら、臼井宿から一里九丁先の佐倉城下まで進みとうございます」

と一行に声をかけて歩み始めた。

季節は冬だ。日暮れが早い。

旅慣れた男の足なら一里半刻が目安だが、女子供連れで駕籠を行列の中に入れていた。どうしても進み具合は遅かった。

ひたひたと傾くお天道様と追いかけっこをするように小籐次らは進んだ。

臼井宿通過が七つ（午後四時）の頃合い、普通ならば旅籠を見付けるところだが、一行はさらに佐倉城下を目指した。

臼井外れに出ると印旛沼《いんばぬま》の南端を通ることになる。この印旛沼一帯は、かつて千葉氏が東の酒々井に本城の本佐倉《もとさくら》城を、西の臼井に臼井城を築いて勢力を誇った地であった。強固な結束で戦国時代を生きぬいてきた千葉一族も天正十八年（一五九〇）、豊臣秀吉の小田原攻めに際して北条方に与《くみ》したためにあえなく滅亡

の運命を辿っていた。

駿太郎が疲れたか、おあきを煩わすようになった。そこで小籐次が駿太郎を負ぶっていくことになった。

千葉氏が拠点とした地を一行はひたすら佐倉城下を目指して急いだ。

印旛沼の水面を赤く染めて日が沈んでいく。

先導する手代の泰三郎が駕籠脇に従う小籐次に歩み寄ってきて、

「行く手にちらちらと槍を持った人影があります」

と告げた。

「二宮連太郎の仲間かのう」

「はてそこまでは」

「佐倉までどれほど残っているな」

小籐次の問いに泰三郎が辺りを確かめた。すると駕籠の中から、

「酔いどれ様、残り半里じゃよ」

と染左衛門が答えた。

「染左衛門どの、どうやら意富比神社で会うた二人が仲間を連れて戻ってきたようじゃ」

「覚えはないがのう」

と駕籠から染左衛門が訝しげな声を上げ、

「なんぞ手立てはありますかな」

「手立ては考えておらぬが、心配はいりませぬぞ」

「私はなんの心配もしておらぬ。鬼が出るか蛇《じゃ》が出るか、楽しみなだけじゃ」

と染左衛門が低い声で笑った。小籐次は染左衛門の体調がそう悪くはないと感じながら、

「泰三郎どの、提灯《ちょうちん》を点して佐倉を目指しますぞ」

と命じた。

小籐次は三河蔦屋一行の客分の筈だが、いつしか一行の道中奉行の役を務めていた。染左衛門に次いで年齢も上、旅の経験も豊かだったから自然とこうなった。

一行は提灯に火打ち石で火を入れる間、止まることにした。

「赤目様、私が歩きます。駿太郎さんを駕籠に寝かせなされ」

おこうが駕籠を下りて、小籐次の背の駿太郎を駕籠に寝かせた。

「おこうどの、相すまぬことで」

「赤目様にはなんぞあれば働いてもらわねばなりませんからな」

とおこうが応え、

「昔、この界隈には物盗りや野伏せりの類が横行したものです」

と平然と言ったものだ。

身軽になった小籐次は、行列の後尾の冬三郎のもとに歩み寄った。こちらもすでに提灯に灯りを入れていた。

「われらの先を怪しげな人影がうろちょろしているようじゃ。背後はどうかな」

「赤目様、ご覧なせえ」

冬三郎が印旛沼を差した。

西に沈んだ残照が、水面を濁った血の色に染めていた。一艘の船影が岸辺から一丁ほど沖合にあって、こちらの様子を窺っていた。

「あやつら、船まで用意しておるか」

「赤目様、佐倉城下まで残りわずか、なんぞ仕掛けてきますかね」

小籐次は行列の前後を確かめた。もはや一行の他には旅人の姿は見えなかった。

仕掛けるとしたらこの界隈がうってつけと思えた。

「あと十丁ほどはこのまま進もう。もし襲いくるようなら、行列の前後を固めて一気に佐倉城下に駆け込むまでにござる」

「しんがりはわっしら三人が引き受けました」

冬三郎が五尺棒の先でとんと地面を突いた。二人の水夫もいつしか四尺ほどの棒や天秤棒《てんびんぼう》を携えていた。

小籐次はしんがりを冬三郎に任せて先頭に行った。

「どんな具合かな」

「思ったより人数が多いようです。一丁先に六、七人、槍を持った人影がうろうろしております。その他に、鉤をつけた縄のような道具を持った者たちが数人加わっております。都合十人はいましょう」

「弘吉どの、泰三郎どの、このまま何事もないかのように先に進んで下され」

小籐次は駕籠の傍らに戻るふりをして、路傍の葦原に身を潜めた。

行く手を塞がれ、船の連中に後方から挟み打ちされては、女子供連れだけに厄介だ。

小籐次はこちらから先に仕掛けて相手方を搔き乱すことを咄嗟《とつさ》に考えた。

枯れ葦を搔き分け、小籐次は走った。それを見届けた弘吉らは再び行列を進めた。

前方では二宮連太郎が、

「女子供連れの一行じゃ。赤目小籐次の動きを封じればなんのことはなかろう」

と仲間の面々に言った。

「よいな。まずわれらが行列を止めて、赤目小籐次をこちらに釣り出す。槍と鉤縄であやつの動きを封じる。そこへ船から下りた獅子頭《ししがしら》の丹兵衛様一統が襲いかかり、男衆が担いでいる金品を奪いとる。よいか、酔いどれ小籐次を倒そうなどと思わぬことだ。奴だけを行列から引き離して遠巻きにわれらが囲み、奴が攻めるときは逃げ、動きを止めたときは鉤縄と槍の穂先で挑発すればよい」

と一味に命じた。

佐倉道の左右に分れた一味は、貧乏徳利の酒を口に含み、槍の柄に吹きかけたり、鉤縄を短く持ってぐるぐると回したりして、近付く行列を待ち受けた。

提灯の灯りが半丁に迫った。

「もうしばらく引き付けよ」

と二宮連太郎が低い声で命じた。

小籐次はそのとき、直ぐそばまで迫っていた。一旦動きを止めた小籐次は息を整え、孫六兼元を静かに抜いた。葦原の向こうで二宮連太郎が、

「うーむ

と辺りを窺い、

「行列に酔いどれ小籐次はおるか」

と仲間に訊いた。

「はて」

と仲間の一人が応じて三河蔦屋の一行を確かめたとき、疾風が駆け抜けた。

ああっ！

と悲鳴が上がった。槍を持った三人が腰を割られ、肩口を斬られ、鳩尾《みぞおち》を柄《つか》頭《がしら》で突かれてその場に倒れた。

「何者か」

と二宮連太郎が誰何《すいか》したとき、小さな影は次の攻めに掛かっていた。

「赤目小籐次じゃぞ。手筈どおり囲め。槍と鉤縄で囲め」

と二宮が命じたが、先制攻撃する筈が小籐次に不意を衝《つ》かれて三人が倒れ、陣形にほころびが生じていた。そこへ小籐次が浮き足立った一味に襲いかかると縦横無尽に暴れ回った。

さらに四人が佐倉道に倒れ込んだ。どれも手加減した攻めだ。大した怪我《けが》ではなかった。

「二宮連太郎はおるか」

動きを止めた小籐次が呼びかけた。

「酔いどれめ」

と残った一味の中から一人が答えた。二宮連太郎だ。

「油断した。もう許せぬ」

と二宮が仲間の手前、余裕のあるところを見せようとして言った。

「何用あって付きまとうな」

「知れたこと。三河蔦屋が成田山新勝寺に奉納する千両箱を頂戴するのよ」

「昔ならいざ知らず、千両箱など持参しておられぬそうな。縞羽織の頭分に申せ。無駄じゃとな」

と応じながら小籐次は染左衛門一行の様子を確かめた。すでに行列は戦いの場に十間余と迫って、歩みを止めたところだ。

船の一味が動いた風はない。

「獅子頭の丹兵衛様の目に狂いはないわ」

「二宮、そなたらだけでこの赤目小籐次に立ち向う所存か」

小籐次の念押しに二宮が、

「うっううう」

と呻《うめ》いた。

小籐次に機先を制せられて身動きがつかないでいた。

「われら、今宵は佐倉城下泊まりじゃ。獅子頭の親分に諦めたほうがよいと伝えよ」

「おのれ、どうしてくれよう」

二宮が息まくふりをしたが、形勢は完全に小籐次に傾いていた。

「よし、こたびは引き上げじゃ。次に会うたとき、覚悟をしておれ」

とさらに虚勢を張った二宮が、

「おぬしら、いつまで地べたに転がっておるのだ。だれ一人として骨のある奴はおらぬのか」

と叱咤《しった》すると、無傷の仲間が怪我人を助けて一統は葦原に姿を消した。

小籐次は孫六兼元に血ぶりをくれながら、

(おかしい)

と思った。

船にいた筈の獅子頭の丹兵衛らは、なぜ二宮らだけに襲わせて動こうとしなかったか。小籐次の力を確かめたのか。それにしても成田山新勝寺に向う三河蔦屋の所持金を狙うとしたら、この印旛沼の岸辺が最後の場ではないか。

染左衛門一行が佐倉城下入りし、馴染《なじ》みの旅籠に入れば、街道の野伏せりとて手は出せまい。

明日の旅程は佐倉から酒々井を経て、成田山新勝寺のある寺台宿までわずか三里ほどしかない。日が昇って佐倉を出ても昼前には成田山に到着しよう。

「赤目様、ご苦労にございました」

行列が小籐次のもとに来て手代の弘吉が声をかけた。

「染左衛門どの方になんのこともなかろうな」

「ございませぬ」

小籐次と合流した一行は、ほっと安堵した様子で歩みを止めようとした。

「弘吉どの、泰三郎どの、佐倉まで歩みを止めてはならぬ。急ぐぞ」

小籐次は一行を励ました。

「酔いどれ様の働きぶりを見とうございましたな」

徒歩のおこうがのんびりと話しかけた。いつの間にか、小籐次に話しかける口調が違ってきていた。

おこうの親切で駕籠を譲られた駿太郎はすやすやと眠り込んでいた。

「おこう、まだまだ赤目小籐次が活躍する場面を見られそうだぞ。冥土の土産になによりなにより」

駕籠の中から染左衛門の笑い声が聞こえた。

「染左衛門どの、佐倉に急ぎましょう」

なんとなく安心しきった一行に気合いを入れ直した小籐次は、しんがりの冬三郎のところに行った。

「二宮連太郎の頭分は、獅子頭の丹兵衛と申す者じゃそうな」

「聞いたことがございます。安房《あわ》の渡世人くずれが街道荒らしになって、あちらこちらに出没しているという噂を耳にしております」

「船の丹兵衛らは、なぜ動かなかったのであろうか」

「わっしらも船の動きを気にかけて見ておりましたが、全くそよりとも岸に近付く様子はございませんでした。二宮らの働きを信じておったのでしょうか」

「あの手合いに任せる丹兵衛なら、たいした頭分ではないな」

「あやつらは、わっしらに赤目小籐次様がおられることを承知しております。一統で力を合わせても仕事をしのけることが容易でないことを知っていた筈です。

それをどうして」

「訝しい」

「わっしらに油断をさせて、今宵の佐倉城下の旅籠を襲う気ではありますまいな」

「それも考えられないではないが、堀田様のご城下で押し込みを働くほど、獅子頭の丹兵衛は肚《はら》の据わった男かのう」

小籐次は、意富比神社の拝殿前でちらりと見た縞羽織の男の風貌を思い浮かべた。

「そこですね」

と冬三郎が首を捻った。

「佐倉城下江戸口です」

と手代の弘吉が叫ぶ安堵の声が夜の佐倉道に響いた。

「冬三郎どの、今宵はわしが不寝番《ねずのばん》を致す」

「わっしらもご一緒させて下さいな」

「ならば交替で不寝番を務めましょうか」

と三河蔦屋の主船頭と話し合いがなった。

房総と印西《いんざい》とを結ぶ要衝の佐倉は、千葉氏の拠点の一であり、鹿島城があった地だ。

江戸時代に移り、慶長十五年（一六一〇）に徳川家康は土井利勝に命じて鹿島城を大改築させ、元和三年（一六一七）佐倉城の完成をみた。

土井家治世の後、石川、松平（形原《かたのはら》）、堀田、松平（大給《おぎゅう》）、大久保、戸田、稲葉、松平（大給）と譜代《ふだい》大名が目まぐるしく代わりながらも、幕府北総支配の要の地を守ってきた。

延享《えんきょう》三年（一七四六）、出羽《でわ》山形から松平になり代わって堀田正亮《まさすけ》が十万石で入封してきてようやく佐倉藩は落ち着きをみせた。

三河蔦屋の佐倉城下の定宿は代々、札《ふだ》の辻《つじ》近くの旅籠ふだい佐倉屋だ。

一行が宿に入ったのは、騒ぎがあったせいで五つ過ぎになっていた。

「染左衛門様、お待ちしておりました」

と番頭が三河蔦屋の一行を出迎えた。

「いささか遅くなりましたな、番頭さん。世話をかけます」

と鷹揚に駕籠から下りた染左衛門が番頭に挨拶して、小籐次の顔を見ると、

「酔いどれ様、ご苦労じゃったな。お蔭さまで退屈する暇もないほどの愉快な旅になったわ」

　と笑いかけた。そして、

「番頭さん、同行のお方は江戸で名高き酔いどれ様ですよ。ふだい佐倉屋の自慢
の酒をな、四斗樽で座敷に据えて下され」

「えっ、このお方が御鑓拝借の赤目小籐次様にございますか。もそっと若くて大
兵かと思うておりました」

　初めて会う人間が必ず口にする言葉が番頭の口から洩れ、

「大旦那様、ならば四斗樽を五つばかり座敷に積み上げましょうかな」

「そうして下され」

　と染左衛門が応じるのに小籐次が、

「染左衛門どの、番頭さん、今宵はそれがし、酒なしで過ごしとうござる。気持
ちだけを頂戴致す」

「赤目様、そりゃまたどうして」

「番頭さん、われらがいささか遅くなったには事情《わけ》がございましてな」

　と前置きして、小籐次は、獅子頭の丹兵衛一味に船橋の意富比神社以来付きま

とわれ、印旛沼の岸辺で襲われた経緯を語った。

「赤目様がお一人で追い払われましたので」

「番頭さん、天下の酔いどれ小籐次ですぞ。この界隈に出没する野伏せりなど相手ではないわ」

と染左衛門が小籐次に代わって答えた。

「ともあれ、なにかあってもいけませぬ。明日の成田山新勝寺到着まで赤目小籐次、酒断ちにござる」

と小籐次が宣言すると、染左衛門と番頭ががっかりした様子で溜息を吐いた。

四

小籐次は冬三郎らと交替で不寝番に就いていた。

夜半を過ぎても、獅子頭の丹兵衛一味が三河蔦屋の主染左衛門をふだい佐倉屋に襲う気配はなかった。

(なんぞおかしい)

小籐次は最前から考えていた。

三河蔦屋の十二代染左衛門の成田山新勝寺詣では、染左衛門の気紛れの誘いに小籐次が乗ったことで始まっていた。

その場の思いつきゆえ小籐次は新兵衛長屋にも帰らず、うづと太郎吉に頼んで、成田山新勝寺行きを新兵衛長屋、久慈屋、さらには北村おりょうに知らせてもらい、その日の内に深川を船で出立し、行徳河岸を経て、佐倉道を進んできたのだ。

そんな慌ただしい旅程にもかかわらず、昨日、今日と、短い旅の間に一行は二度危難に見舞われていた。

一度目は、中川で利根川水軍を名乗る坂東太郎左衛門一味が二艘の船で襲いきた。この者たちは小籐次が来島水軍流の棹突きであっさりと手捕りにし、行徳河岸の宿役人に引き渡していた。

二度目は、偶然にも立ち寄った船橋宿の意富比神社の境内《けいだい》で出会った獅子頭の丹兵衛なる街道荒らしの頭分と用心棒の二宮連太郎に付きまとわれている一件だ。

深川の惣名主三河蔦屋染左衛門の成田山新勝寺行きは、道中で派手に金が使われることが知られていたそうな。だが、時代を経るにつれ、三河蔦屋の成田詣でも地味になっていたが、

「三河蔦屋は千両箱を抱えて道中」

という噂だけは残っているという。だから利根川水軍の坂東一味が襲い、獅子頭の丹兵衛ら悪党どもが三河蔦屋一行に付きまとっているとしても不思議はなかった。

小籐次は二件とも偶然のことと思っていたが、なんとなく事情が違うのではないかと考え始めていた。

まず利根川水軍なる坂東太郎左衛門一味は、偶々《たまたま》と考えてよかろうと思った。だが、意富比神社で獅子頭の丹兵衛が染左衛門を見かけたのは偶然のことであろうか、という疑いが小籐次の頭に生じていた。

染左衛門が獅子頭の丹兵衛と面識がないことは確かだろう。だが、丹兵衛のほうに、

「染左衛門を襲撃」

する理由があるのではないかと考えたのだ。

染左衛門が思い付きで成田山新勝寺行きを決めた風に考えられていたが、急な成田山行きも小籐次同行も、

「予定の行動」

であったとしたらどうか。

それが証拠に旅籠ふだい佐倉屋の番頭が、

「染左衛門様、お待ちしておりました」

と迎えたではないか。思い付きの道中である筈のものが予定の行動であったとしたら。そんな考えが最前から小籐次の頭に渦巻いていた。

となれば、染左衛門の成田山詣では事前の計画のもとに行われており、獅子頭の丹兵衛らが目を付けるべき理由が隠されているのではないか。

ふうっ
と小籐次は息を吐き、冷たくなった渋茶を啜《すす》った。

「どうなされました」

と隣座敷に休んでいた冬三郎が目を覚ましたか、小籐次の部屋に姿を見せて煙草盆を引き寄せた。

「冬三郎どの、そなたらに成田山新勝寺詣でが知らされたのは、昨日のことじゃな」

「へえ、大旦那が赤目様をお呼びになった直後に、急に成田山行きの仕度を命じられましたので」

「かようなことはままあることであろうか」

「大旦那は今でこそ茫洋《ぼうよう》とした顔付きでなにをお考えになっているか、わっしらには察しがつきませんが、若い頃は鉄瓶の染左衛門と異名をとるほど、まあ、かあっと頭に血が上るせっかちなお方でした。ですから、わっしらも大旦那がなんぞすると命じられたときは即座に応じられるように、常にその心構えではおりますんで。ですが、ここんところ大旦那の気力が急に衰えて、このような急な命は久しくございませんでしたな」

と応じた冬三郎が、

「なんぞご不審で」

と小籐次に反問した。

「獅子頭の丹兵衛には、染左衛門どのを襲う理由が前もってあったのではないかと思うたのじゃ」

「それはまたどういうことで」

「意富比神社の拝殿前で染左衛門どのに出会うたのは偶然かもしれぬ。だが、丹兵衛は前もって染左衛門どのの成田山新勝寺行きを承知していて、佐倉道に網を張っていたからこそ、印旛沼に船まで浮かべる対応をとることができたのではないかと思うてな」

「ほう、それはまた」

　と冬三郎が考え込んだ。

「こたびの染左衛門どのの荷に格別なものがござるか」

「わっしら、大番頭の中右衛門さんから預かった路銀はたしかにそれなりのものにございます。ですが、先々代の成田山行きのように、千両箱を抱えて小判をばらまいての旅ではございませんや。赤目様も見られたとおり、昼餉に田舎蕎麦を食っての道中です。獅子頭の丹兵衛などという悪党が大旦那のどこに目をつけたか」

　と冬三郎はやはり首を捻った。

「もはや成田山まで三里、日中一刻半（三時間）の旅で到着致そう」

「へえ」

「となると、獅子頭の丹兵衛一味は最前、絶好の機会を失うたことになる」

「そういうことですかね」

　と答えた冬三郎に、

「こたびの成田山新勝寺詣でになんぞ格別なことがござろうか」

　と小籐次が訊いた。

「大旦那は近頃とみに老いてこられました。もはや成田山詣ではできまいと諦められていたのは事実にございます。同時に、お迎えが来る前にもう一度新勝寺にお参りがしたいと念じられていたのは確かです。成田のお不動様の熱心な信徒にして、江戸深川講中の信徒総代、出開帳の総頭取を長らく務めてこられましたでな、最後のご奉公にもう一度永代寺に出開帳を願っておられます。それもこれも、近頃とみに衰えた体のせいで諦めておられたように見受けられました」

「出開帳が企てられておるとな」

「はい。一年半後の文政四年（一八二一）の三月十五日から五月十六日と、日取りも決まっております」

「そのことと、こたびの成田山詣では関わりがござろうか」

「はて、考えもしませんでした」

としばし冬三郎が沈思した。

蘭方医の診立てが正しければ、染左衛門の余命はもはや尽きていてもおかしくないという。こたびの急な成田山新勝寺詣では染左衛門の病と関わりがあるのか。

「江戸出開帳ともなると、何年も前から話し合いがもたれます。深川に成田山新勝寺の『御旅所《おたびしょ》』がもうけられ、仕度に入ります。まずすべきことは、成田山新勝寺が佐倉藩領内にあるため、領主の堀田様に出開帳の許しを願わねばなりません。江戸の佐倉藩邸、さらには寺社奉行の認可を得なければ、出開帳は許されないのでございますよ」

「一年半も前に日取りが決まっているということは、仕度が順調に進んでおるということじゃな」

「前の成田山の江戸本尊出開帳は文化十一年（一八一四）に開かれて、大層な賑わいを見せました。そのために成田山新勝寺にお参りする人がとみに増えたということです。本尊出開帳が決まれば、新勝寺の寺名はますます上がり、深川永代寺界隈には莫大《ばくだい》な金子が降るのは間違いございません」

「冬三郎どの、怒らずに聞いて下され。こたびの騒ぎの真相を摑みたいゆえ、いろいろなことを慮っての問いですからな」

「なんなりとどうぞ。わっしが承知のことは答えますぜ」

「深川の信徒総代の三河蔦屋の懐も潤うかな」

ふっふっふ

と冬三郎が笑った。

「それが今の大旦那におできになれば、三河蔦屋の身上を減らすことはなかったでしょうな。うちは出開帳に関わるたびに持ち出しです」

「染左衛門どのは欲のないお方じゃな」

「それほど不動様に帰依しておられるのです。この赤心ゆえに、こたびも本尊出開帳の総頭取に任じられたのでございますよ」

「ほうほう」

と小籐次が首肯し、しばし考え込んだ。

「赤目様、大旦那が出開帳をタネにひと儲《もう》けを企《たくら》んでいるというのなら、大旦那がまだ若旦那だった宝暦十二年（一七六二）の江戸出開帳から四度も総頭取を務めることは、皆さんに認められなかったでしょうな。こたびで五度目、大旦那が最後のお務めと考えておられることはたしかです。わっしはさっき、ここんところ大旦那の気力が急に衰えたと申しましたね。その大旦那に望みを与えてくれたのが赤目様、そなた様とわっしは思うております」

「最後のご奉公が文政四年の出開帳でござるか」

「まず大旦那のお年を考えますとな」

「出開帳には大金が動くと言われたな」

「いかにも申しました」

「成田山新勝寺の江戸出開帳の総頭取の座を窺うておられるお方はござらぬか」

あっ！

と冬三郎が声を上げた。

「赤目様は、大旦那が務める出開帳総頭取の役を狙う人物が、大旦那に危害を加えようとしていると考えられましたか」

「そのようなことも考えられようと申したまでじゃ」

「二人おられます」

と冬三郎が即座に言い切った。

「前の出開帳は五年前の文化十一年にございましたが、この折り、講中の金子を平頭取の一人、横川筋の船問屋駿河屋貞九郎の旦那が何百両も横領したのを大旦那が見付け、駿河屋の看板に傷をつけてもならないからと、横領した金子を返納させて、平頭取から下ろされました。このことを駿河屋さんは根に持って、三河蔦屋の染左衛門に嵌められた、この次の出開帳は三河蔦屋の好きにはさせないと言っておられるようです」

「駿河屋は出開帳に関わっておるのかな」

「二年前に平頭取に復帰し、大旦那を引きずり下ろす急先鋒《きゆうせんぽう》の一人です」

「もう一人はどなたか」

「うちは深川本所界隈の酒の卸元ですが、新堀河岸の酒問屋灘屋《なだや》余市郎様がやはり大旦那の後釜を狙っておられ、講中の重役方《おもやく》にだいぶ金をばらまいているという噂です」

「新堀河岸の酒問屋が深川界隈にまで手を広げておるのか」

「赤目様、先代まではさような真似は出来なかったんですがね。灘屋は出開帳を仕切りたくて深川の酒屋を買い取り、その店を拠点にあれこれと画策しておるのですよ」

と冬三郎が悔しそうに言った。

「となるとこの二人のうちの一人が、獅子頭の丹兵衛らを動かす背後に控えておるかどうか」

小籐次の呟きに冬三郎が思案に落ちた。

「もしそのようなことが考えられるとしたら、駿河屋貞九郎の旦那でしょうな。若い頃、持ち船に乗って上方《かみがた》に新酒の買い出しに走り、江戸に一番船で届けたという一つ話をなさる方で、随分と危ない橋を渡ってこられたということですからな」

と応じた冬三郎が、

「大旦那のなにに目をつけたか知らないが、赤目様の推量があたっているとすればば、大変な騒ぎになりますぜ」

「それにしても丹兵衛一味は、なぜ女子供連れのわれらを攻めきれなかったのか」

小籐次の関心は再びそこに戻った。

「大旦那の同行者にまさか天下の酔いどれ小籐次様がおられたとは知らなかった。ために奴らも襲いきれずにいるとは考えられませんか」

「そのような考えもあるかのう」

と小籐次は首を傾げた。

「なんにしてもわっしらは、大旦那の成田山新勝寺詣でを無事に終えるために働くだけにございます。赤目様が同道なされたことがこれほど心強いとは、なんと感謝申し上げてよいか分りませんや」

自らを得心させるように冬三郎が頷いた。

「冬三郎どの、わしの考え過ぎかもしれん。思い付いたことがあれば互いに忌憚《きたん》なく話し合うて、無事成田詣でを果たしとうござるな」

と願った小籐次は、冬三郎に不寝番を任せて隣座敷の寝床に潜り込んだ。


「爺じい」

と駿太郎に呼ばれて小籐次は目を覚ました。障子戸に冬の光があたっていた。

「しまった、寝過ごしたか」

と小籐次が慌てて寝床から飛び起きると、隣座敷からおあきが顔を覗《のぞ》かせて、

「赤目様、ぐっすりとお休みでしたね」

と笑いかけた。

「おあきさん、今何刻か、出立を待たせてしもうたか」

と矢継ぎ早に訊いた。

「五つ半（午前九時）近くです」

「なんとえらく寝過ごしたものよ。いくら成田山まで三里少々とはいえ、染左衛門どの方を待たせては申し訳がたたぬ」

「ご安心下さいな、赤目様」

「どういうことか」

「今日はのんびりです」

「成田山新勝寺には向わぬのか」

「はい。大旦那様は最前お城にご挨拶に行かれました」

「すると出立は昼過ぎか」

「それはどうでしょうか」

「染左衛門どのにはだれか供が付かれたか」

「手代の弘吉さんがお一人、従われました」

「ぐっすり寝込んで知らなんだわ」

「大旦那様がお城にご挨拶なさるなど、どなたも考えてもおられませんでした」

やはり、染左衛門の成田山新勝寺詣でには、他に隠された事情があるようだ。それが獅子頭の丹兵衛一味の動きと関連しているように小籐次には思われた。

「赤目様、朝餉を召しあがりませんか」

おあきは小籐次の腹具合を案じていた。

「酒を飲まず眠るとすっきりとした目覚めじゃな。いつもこれならばよいが」

「酔いどれ様には酒は付き物にございますよ」

とおあきが笑った。

「爺じい、まんまじゃ」

「おお、腹が空いた。朝餉が残っておれば頂戴しようか」

小籐次は寝床を出ると、おあきと駿太郎に案内されて台所に接した囲炉裏端に行った。するとおこうが悠然と茶を喫していた。

「おこうどの、いささか寝過ごした」

「大旦那様が、赤目様はあれこれ孤軍奮闘しておられる、体を休められるときにはゆっくりと休めさせておきなされ、と言い残して城に行かれました」

「深川を出る折り、佐倉城にご挨拶なさることは決まっておったことかのう」

「私どもはなにも聞いておりません。だからといって格別に異なことでもございません。大旦那様にしか、その日の行動は分りません」

「冬三郎どのらはどうしておられます」

「城下見物じゃと出かけられました」

「本日の出立はないのでござるな」

「あ、そうそう、大旦那様が赤目様に言い残されたことがございます。本日の下城は日が暮れてのことになるゆえ、迎えを願いたい、とのことでした」

ございません、とはっきり答えたおこうが、

「どちらに参ればよろしいのかのう」

「六つ半（午後七時）、一ノ門、と言い残されました」

「承った」

おあきが味噌汁を温め直した膳を運んできた。

「おあき、赤目様の給仕は私がします。そなたは実家に顔を出してきなされ」

とおこうが命じた。小籐次はおあきがこの佐倉領内から奉公に出ていることを思い出した。

「では、半日お許しを得て実家に戻らせて頂きます」

と老女に挨拶したおあきが、

「赤目様、駿太郎さんをうちに連れていってはいけませんか。日がある内に戻って参りますので」

と言い出した。

「親御様に会うのに駿太郎は邪魔であろうが」

「いえ、大旦那様のご親切で思いがけなく家に戻れるのです。駿太郎さんの面倒くらいなんでもありません」

「よいかのう」

「爺じい、駿太郎はいく」

「そうか、おあきさんの言うことをよう聞くのじゃぞ。挨拶はちゃんとできような。ここでやってみるか」

小籐次が駿太郎に言うと、駿太郎がちゃんと正座をして、

「それがし、赤目駿太郎にござる。よしなに」

と挨拶してみせた。

第三章　三夜籠り

一

暮れ六つ（午後六時）前、小籐次は独り旅籠ふだい佐倉屋を出ると提灯を手に城に向った。

佐倉城は城郭も質素で石垣もなかった。印旛沼を外堀に、水堀で平山城《ひらやまじろ》の防備を固めていた。江戸近くの川越など譜代大名の居城に見られる簡素な造りだった。

このためか文化十年（一八一三）にはなんと盗賊が城に侵入し、その折りの失火で天守が焼け落ちていた。御三階櫓《おさんがいやぐら》と呼ばれ、土台部分は板壁の三重櫓を天守の代わりにしていたものだ。

月は雲間に隠れていた。

小籐次は提灯の灯りをたよりに、旅籠の番頭に聞いた道を辿っていた。

右手の水堀では魚が水音を立てていた。それほどの静寂が佐倉城一帯に漂っていた。

ぼおっとした灯りが見えた。

佐倉城本丸の大手門は一ノ門と呼ばれ、格調高い櫓門が高張り提灯の灯りに浮かんだ。

櫓門には門番が立哨《りっしょう》して、その傍らに染左衛門に従った手代の弘吉が小籐次を待っていた。

「赤目様、お迎えご苦労さまに存じます」

「弘吉どのこそ、朝から気苦労にござったな」

と二人は互いに労《ねぎら》った。

「染左衛門どのはまだかな」

「城内四阿《あずまや》でお待ちにございます」

弘吉が門番に黙礼すると、閉じられた一ノ門から少し横にそれたところにある門から城内に小籐次を誘った。

こちらには門番はいなかった。

「赤目様、不明門《あかずのもん》にございます」

不明門を開けて城内に町人が入るなどまず滅多にあるまい。それだけ三河蔦屋と佐倉藩との関わりが深いことを示していた。

「長い一日にござったな」

二人だけになって改めて小籐次が言った。

いくら縁がある佐倉藩とはいえ城中に半日控えていることがどれほど心労か、下屋敷勤めの奉公人であった小籐次にも容易に推測がついた。

「私の気苦労などなんのこともございません。大旦那様はあの体で大変お疲れにございましょう」

弘吉は主の体を気遣った。

小籐次の顔に冷たい風が吹き上げてきた。土手の下はどうやら水堀らしい。弘吉と小籐次が提げた二つの提灯の灯りなど、濃い闇に吸い込まれて二人の周りにしか届いていなかった。

ふうっ
と弘吉が思わず吐息をした。

「弘吉どの、なんぞ厄介が染左衛門どのに生じておるのか」

「いえ、そういうわけではございません」

「染左衛門どのの御用に首を突っ込む気はない。だが、同道を命じられた以上、わしは染左衛門どのを深川まで無事に連れ帰る役目を負うておる。その役目のために聞いておくべきことがあるかどうか、と思うただけじゃ」

「はっ、はい」

返事をした弘吉はしばし無言で歩いていたが、

「私の知ることなどわずかなものです。それでも赤目様、宜しゅうございますか」

「染左衛門どのの身に危害がおよぶようなことが考えられるなら、聞いておきたい」

「こたびの成田山新勝寺詣では、文政四年三月からおよそ二月《ふたつき》にわたって深川永代寺で催されるご本尊出開帳の下準備のためと心得ております」

主船頭の冬三郎から聞いたように、やはり染左衛門は思い付きで成田山行きを決めたわけではなかった。

「江戸で賑わいを見せる出開帳の四天王は、京の嵯峨《さが》清涼寺の釈迦《しやか》像、信濃の善光寺の阿弥陀像、身延山《みのぶさん》久遠寺の上人《しようにん》様、そして、成田のお不動様にございます。

それだけに出開帳には大勢の人が集まり、莫大な金子が動きます。大旦那様は若い頃から熱心に成田不動を信仰なされて、成田山新勝寺の布教に努めてこられました。お年がいった今回の出開帳が最後のご奉公と心に秘めておられます。赤目様、大旦那様は金子目的で出開帳の総頭取を引き受けてこられたわけでは決してございません」

と弘吉は小籐次に念を押した。

「お人柄を考えればそれはよう分る。これまで四度、一年半後の出開帳を入れて五度の総頭取を務められるそうな。ために莫大な持ち出しと聞いた」

「赤目様、いかにもさようです」

と答えた弘吉が、

「十二代染左衛門様の出開帳の総頭取就任で、三河蔦屋の二蔵に積まれていた先祖代々の蓄財がすべて消えたほどにございます。それだけ欲得なく務めてこられたのです」

「弘吉どの、次の出開帳を染左衛門様に代わって牛耳《ぎゅうじ》り、利を得ようとする者がおるようだな」

「はい」

「そなたは承知か」

「漠とながら推測はつきます」

「そのために佐倉城に立ち寄られたか」

「ただ今、堀田の殿様は佐倉におられます。大旦那様はなんとしても殿様に理解頂き、成田山新勝寺のご本尊出開帳を無事果たし終えたいと殿様に直訴なされたのでございましょう」

「早朝に城に入り、暗くなってから城を下がる。この城中にも、利を得ようとする者に加担する家臣がおるということか」

はい、と弘吉が答えた。しばし沈黙した後、

「ご分家堀田正頼様が、佐倉藩の反三河蔦屋の急先鋒の主導者かと存じます」

と言い切った。

「弘吉どの、ご分家が組んでおるのは、駿河屋貞九郎か灘屋余市郎のどちらだな」

「なんと赤目様」

弘吉が驚きの声を発した。

「物を知らぬでは用心棒の役目は果たせぬからな」

「そこまで承知で大旦那様の誘いに乗られたのでございますか」

「いや、誘われた時点ではなにも知らなんだ。だが、短い道中に怪しげな連中が付きまとうようでは、なんぞ裏があると考えたのが始まりじゃ。となると成田山新勝寺内にも、私利私欲のない三河蔦屋の大旦那を排斥しようという手合いがいるということじゃな」

　はい、と答えた弘吉は、

「大旦那様は当然、ご分家を唆《そそのか》した人物がだれか承知しておられましょう。私はだれとも判断が付きかねます」

　遠くにちらちらと灯りが見えた。四阿か。

「本日、大旦那様は堀田の殿様に拝謁なされました。そして、明日にも成田山新勝寺のご貫首にお会いになれるなら、文政四年のご本尊出開帳も大旦那様の仕切りで事が運ぶ第一歩となりましょう」

「殿様との目通り、うまくいったのじゃな」

　はい、と答えた弘吉が、

「御城に赤目様をお呼びになったのは、ご分家一派がなにかを仕掛けると考えておられるからでしょう」

「気をつけて参ろうか」

四阿と言ったが、数寄屋造りの建物で、灯りがもれて話し声も聞こえてきた。小籐次は四阿の周りに警護の家臣の姿がないことを見てとった。だが、暗がりに警護の者が配されていることが感じられた。

「大旦那様、迎えにございます」

庭先から弘吉が四阿に声をかけた。

「ご苦労ですな」

と染左衛門の声が応じて、何事かだれかと話し合う様子があった。その声は疲れてはいたがどことなく安堵が感じられる、と小籐次は思った。

四阿の障子戸が左右に開かれた。

大きな脇息《きょうそく》にゆったりもたれた武家、それに対する三河蔦屋染左衛門、そして、初老の家臣と障子を開いた小姓の四人が四阿にいた。

「三河蔦屋、あの者が小城藩など四家を苦しめた武勇の主、赤目小籐次か」

と若い声が訊いた。

佐倉藩堀田家四代の堀田正愛《まさちか》だ。寛政十一年（一七九九）生まれの正愛は弱冠十三歳で藩主の地位に上り、このとき、二十一歳であった。

「はい、赤目小籐次様にございます」

「酒《ささ》など取らせたいが、今宵はのう」

「殿様、お気持ちだけ頂戴致します」

と応じた染左衛門に、

「あと一年半、大過なくその日を迎えたいものよ。なんぞあれば成田より急使を立てよ」

「有難きお心遣い、三河蔦屋しかと承りました」

どこからともなく乗物が現れて四阿の玄関に横付けされた。まず殿様と呼ばれた人物が軽やかに乗物に乗り込み、御番衆に囲まれて暗がりを静かに消えていった。

間をおいて染左衛門がゆっくりと玄関口に姿を見せた。

染左衛門の太った体が急にしぼんでしまったかのように小籐次にも弘吉にも思えた。それほど五体に重い疲労が滲《にじ》んでいた。

小籐次と弘吉は乗物の傍らに寄り、染左衛門を迎えた。

「お疲れさまにございました」

「赤目小籐次に、造作をかけますな」

「なんのことがありましょうや」

弘吉に手を取られて、染左衛門が佐倉藩の用意した乗物に乗り込んだ。陸尺《ろくしゃく》が肩を棒に入れて、無言裡《むごんり》に四阿を離れた。こちらの乗物を警護する佐倉藩の家来はいなかった。

雲間から弦月が姿を見せた。

月明かりの下、乗物は不明門にひたひたと向った。小籐次は乗物の傍らに、弘吉は反対側に寄り添って従った。

来るときは見えなかった池が月明かりにうっすらと浮かんだ。

姥ケ池《うばいけ》だ。

蒼《あお》い月明かりが鈍く映る姥ケ池は不気味だった。

すうっ
と小籐次が乗物の傍らを離れて前に出た。

「お止まりあれ」

陸尺が足を止めた。

前方の林が揺れてばらばらと人影が現れ出た。

月明かりに槍の穂先がきらきらと光った。

小籐次は乗物を背に孫六兼元を抜いた。

額に鉢巻き、襷《たすき》がけの武士らが、槍を構えて小籐次の前に半円を描いて立ち塞がった。

「三河蔦屋の主、染左衛門の乗物じゃな」

槍衾《やりぶすま》の背後に控えた中年の武家が問うた。

小籐次は、最前会った堀田の殿様とどことなく体付きも顔立ちも似ている武家が、

「分家」

の主であろうと思った。

「いかにもさよう」

と答える小籐次に、

「赤目小籐次とやらいう酔いどれ爺がそのほうか」

「堀田正頼様にございますな」

この正頼、堀田家初代の傍系の血筋とか。声からして三十を三つ四つ過ぎた頃合いか。

「ほう、予を承知か」

「正愛様のご意思に反しての行動とみましたが」

「酔いどれ風情になにがわかる。そなたが抵抗致さば三河蔦屋の主ともども突き殺し、姥ケ池に沈めようぞ」

「いささか乱暴にございますな」

「一人でなにができようぞ」

「衆を頼んでこの赤目小籐次を打ち果たそうとなされた大名諸家もござった」

「小城藩など四家の轍《てつ》は踏まぬ」

「お試しあれ」

という小籐次の声に正頼が、

「本多彰吾、本朝心流《ほんちょうしん》の業前を見せえ」

と命じた。

正頼の傍らに控えていた大兵が、小脇に赤柄の槍を構えたまま配下の槍衾を分けた。

そのとき、小籐次は本多彰吾と呼ばれた武士の槍が十文字鎌槍であることを見てとった。ただし本朝心流という流儀に覚えはない。

小籐次は孫六兼元を鞘に戻した。

「うーむ、酔いどれ小籐次、長柄の槍を相手に居合《いあい》を使う気か」

と本多が訝しげな声で問うた。

「そなたの十文字鎌槍に、それがしも槍で立ち合いとうなった。どなたか槍を借用できぬか」

という小籐次に本多彰吾が、

「犬飼、そなたの槍を酔いどれに渡せ」

と命じると、槍衾の一人が小籐次に全長七尺五、六寸の槍を差し出した。

「お借り致す」

「いささか増長しておらぬか。わが師は十文字鎌槍の達人ぞ」

「勝負というもの、立ち合うてみぬと分らんものでな」

と受け取った小籐次は、するすると下がって右手一本に保持した槍の均衡を確かめると、
　ふわり
と穂先を突き出し、引き戻した。

「悪くない」

と呟くと小籐次は、

「お待たせ申した」

と本多彰吾が声をかけた。

「おぬし、槍も使うか」

「それがし、父より来島水軍流なる戦場往来の武術を習うた。水軍と名付けられたように船上での槍合わせ、棹での叩き合いとな、身に叩き込まれたのだ」

「おもしろい」

本多彰吾が十文字鎌槍の穂先を小籐次の足元に向けて、構えた。

「堀田正頼どのに申し上げる。この勝負、どちらが勝とうとこれにて決着と致してくれぬか」

「三河蔦屋の命を助けよと申すか。ならぬ」

「致し方なし」

小籐次も借り受けた槍の柄の真ん中を右手一本に握って横に寝かせた。なんとも奇妙な槍の構えだ。

「奇妙奇天烈《きてれつ》な構えもあったものよ」

「来島水軍流水車」

の声が小籐次から洩れると、本多彰吾が赤柄を手繰り寄せ、

ぴたり

と小籐次の胸板に穂先をつけた。間合いは一間半余、踏み込んで突き出せば、穂先が小籐次の胸を襲う距離だ。

すい

と十文字鎌槍が小籐次の体の前に迫り、手繰られ、再び突き出された。その間断のない動きの中でじりじりと本多彰吾が間合いに入り、

「ええいっ！」

と裂帛《れっぱく》の気合いを発すると十文字鎌槍の穂先が小籐次の体を襲った。

そのとき、横に寝かせた小籐次の槍が水車のように回転し、突き出された十文字鎌槍を弾いた。

「おっ」

思いがけない反撃に本多彰吾は十文字鎌槍を手元に引き戻すと、間髪をいれずに足元に刈り込むように突き出した。その二撃目も槍の水車が弾き、突きと弾さが繰り出されての攻防が続いた。

目まぐるしく十文字鎌槍が繰り出され、小籐次の槍水車が弾いた。

「おのれ！」

本多彰吾が手繰り寄せた穂先を胸に突くと見せて、小籐次の足元を襲った。
槍水車が絡んだ瞬間、槍の石突《いしづき》を地面に立てると、
ひょい
と虚空に身を躍らせた小籐次が本多彰吾の体の上を飛び越し、背後に着地した。
「おのれ、小癪な」
と本多彰吾がくるりと背後を振り返りつつ、赤柄の十文字鎌槍を回そうとした。
その瞬間、小籐次の素槍の穂先が本多彰吾の胸に伸び、厚い胸板を刺し貫いた。
ああっ！
という絶叫が佐倉城内姥ケ池に響いて、恐怖が支配した。
五尺一寸に満たない小籐次が大兵の胸を刺し貫いて、
ぐるり
と堀田正頼に向って回すと、
すいっ
と槍を手元に手繰った。すると本多の体から穂先が抜けてくたくたと地べたに
崩れ落ちた。

二

翌朝五つ（午前八時）前、三河蔦屋の一行は佐倉城下の旅籠ふだい佐倉屋を出立した。

染左衛門は駕籠に乗ると膝かけをして居眠りを始めた。その鼾が街道に高く低く響き、往来する旅人を驚かした。

一刻半後、一行は酒々井宿を過ぎたところで北東に向きを変える成田街道を、目的地の成田山目指して進んでいた。するとようやく染左衛門の鼾が止んだ。

「昨夜は眠れませんでしたかな」

小籐次は染左衛門に話しかけた。

「年寄りになるとあれこれつまらぬことを考えたり、幼い日を思い出したりと、余計なことに思いを致すものじゃ。それでつい寝そびれてしもうた」

と笑った。

昨日の興奮が染左衛門の気を高ぶらせていたのだろう。

ゆるやかな下り坂の向こうに成田山新勝寺の壮大な伽藍《がらん》が見えてきた。

「おお、もう見ることは叶わぬと思うておったが、酔いどれ様のお蔭でまた不動明王様にお会いすることができる。酔いどれ様、お礼を申しますぞ」

「なにほどのことがござろう」

染左衛門は手代の弘吉を呼ぶと、

「仁右衛門屋敷に立ち寄る。着替えをするで部屋を貸してほしいと願うてくれぬか」

と命じた。

成田入りするために、染左衛門は成田山江戸深川講中の信徒総代の白衣に着替えるというのだ。畏まりました、と弘吉が一行から抜けて駆けていった。

「三河蔦屋さんはよい奉公人を雇うておられる。冬三郎どのといい、弘吉さんといい、忠義心の厚い方々にござる」

「二人とも、うちが深川に居を定めて以来、代々仕事をしてきた家系にござってな。安心して仕事を任せられる」

泰三郎が一行を先導し、街道から外れた長屋門に入っていった。ここが仁右衛門屋敷なのだろう。

駕籠から下りた染左衛門の腕にはいつ用意したか、木箱が抱えられていた。

「皆もな、成田山新勝寺にお参りするのです。白衣を用意しておるで着替えなされ」

おこうに白衣を配るよう命じると、染左衛門は重そうな木箱を抱えて屋敷に消えた。

冬三郎配下の水夫が背に担いできた荷を解いて各自に白衣を配った。

小籐次ら全員が片襟に、

「成田山新勝寺深川講中」

もう一方の襟に、

「江戸深川三河蔦屋」

と墨書された白衣を着込んだ。そこへ弘吉が姿を見せて、

「おこうさん、大旦那様の衣装はどこにございますか」

と訊いた。おこうが風呂敷に包まれた白衣を弘吉に手渡した。すると駿太郎が、

「爺じい、駿太郎も着たい」

と言い出した。

「子が着る白衣はなかろうな」

と小籐次が困った顔をした。すると弘吉が、

「仁右衛門様方にあるかもしれません。仁右衛門屋敷は、正月には講中の宿を兼ねておられますからね」

と小籐次に言うとおあきが、

「おねえちゃんと行って、あちらでお借りしましょう」

と駿太郎の手を引いて屋敷に向い、弘吉も従った。

おあきは駿太郎を伴い、昨日、親のもとで半日を過ごしてきた。そのせいで今朝から張り切っていた。

「おこうどの、思いがけなく成田詣でが叶うた」

「酔いどれ様、喜ぶのはまだ早うございますよ」

「なんぞ趣向がござるかな」

と小籐次が問い返すところに弘吉が戻ってきた。

「大旦那様もおこうさんも、ここから駕籠を捨て、徒歩にて成田山入りするそうです」

と告げた。

「もはや街道には成田山に参られる大勢の信徒衆がおられる。何事も起こることはなかろう」

「それが」

と弘吉が返答を言いよどんだ。

「どうなされた」

「大旦那様はこたびの成田山詣でに、江戸の仏師貴之輔親方に造らせた抱き不動と称される不動様を密《ひそ》かに持参しておられましたそうな。その不動明王を大旦那様が胸に抱いて進まれます」

「最前見た木箱がそうであったか。まさかそのような趣向があるとは知らなかった」

「赤目様、ただの不動明王像ではございません。金無垢《きんむく》の像にございまして重さは一貫目近くあるそうです」

「そのような不動明王様を、染左衛門どのはどこに持っておられたのか」

と小籐次は驚いた。

「深川を出て以降、船に乗っているときも駕籠のときも、身近に置いて自らお運びになりました。貴重な品とは思っていましたが、まさか金無垢の不動明王様とは思いもかけないことでした」

弘吉も予想しないことだった。

「三河蔦屋の成田山新勝寺詣では佐倉道に小判の雨が降る、という言い伝えは嘘ではなかったわけじゃな」

「街道に小判の雨こそ降りませんが、純金の不動明王像を大旦那様は最後の新勝寺詣でに寄進なさるのです」

小籐次は、三河蔦屋の一行と知ってか知らずか、利根川水軍やら獅子頭の丹兵衛一味が襲いきたのもむべなるかなと思った。

「下世話なことを尋ねるようじゃが、金一貫目とは大層な値にござろうな」

「おそらく純金の値だけで二百両は下りますまい。それより仏師貴之輔師のお作となれば、何倍にも値が跳ね上がりましょう」

「魂消た」

と呟いた小籐次が、

「やはり成田山新勝寺に到着するまで気を抜くことはできぬな」

と自らを戒めるように言い聞かせた。

「いえ、新勝寺に到着しても息は抜けません」

「なぜかな、弘吉どの」

「大旦那様は三日三晩、境内の開眼堂にお籠《こも》りになり、その後に寄進なさるのです」

「この季節、開眼堂に染左衛門どの一人でお籠りじゃと。いささか無謀ではござらぬか」

「私もお諫めしたのですが、大旦那様の決意は固く、凍死しても成田山新勝寺にて死するは本望、と言われました」

「なんと、そのような覚悟でこの成田山詣でをなされるか」

はい、と弘吉が応じたとき、染左衛門が白衣の首から紫の紐で金無垢の不動明王像を胸前に吊るし、両手を添えて姿を見せた。

名人と言われた仏師が丹精込めた不動明王像だ。思わず小籐次らが息を呑んだほど神々しかった。

おこうは思わず両手を合わせて拝んだ。

「爺じい、駿太郎も着たぞ」

と小さな講中の白衣を着せられた駿太郎が、おあきに手を引かれて姿を見せた。

「おお、よう似合うておるぞ、駿太郎」

おあきの手を離した駿太郎がくるりと回ってみせた。

「駿太郎さん、不動明王様に手と手を合わせて下さいな」

おあきの言葉に駿太郎が小さな手を合わせ、一行も染左衛門の胸前に輝く不動明王像に合掌した。

「酔いどれ様、最後の道中よろしく願いますぞ」

と染左衛門が声をかけるのへ、

「畏まりました」

と小籐次は受けるしかない。

染左衛門は命を賭《と》して最後の成田山新勝寺詣でを企てたのだ。他人があれこれ口を出すことはもはやできなかった。

一行は改めて行列を組み直し、講中宿を兼ねた仁右衛門屋敷から成田街道に出た。

まず深川三河蔦屋の屋号と家紋入りの提灯を持った二人の手代弘吉と泰三郎が先導役を務めて、人波を分ける役目を果たす。そのあとに金の不動明王像を胸に抱く染左衛門が行き、その傍らにはおあきに手を引かれた駿太郎が従い、老女おこうが続いた。

小籐次や冬三郎ら男衆は、染左衛門の前後に散って警護にあたることになった。

「おおい、見ろよ。金ぴかの不動明王様が行くぜ」

「張りぼてか」

「馬鹿、相手を見ろよ。深川惣名主の三河蔦屋の大旦那だぜ。金ぴかの張りぼてということがあるものか」

「するてえと、ほんものの金無垢か」

「おうさ、金に潰《つぶ》しても何百両はしようという代物《しろもの》だ」

と街道の参詣人《さんけいにん》が驚きの声で話し合った。江戸から来た職人衆だろうか。さらに、

「みろや、ばあ様、金無垢の不動明王様が参られたぞ。有難いこった」

「じい様、突っ立ってちゃなんねえ。ど頭《たま》下げて拝むだよ」

「こうか、ばあ様」

と老いた夫婦が合掌しながら見送った。

一行が前進するほどに見物人が増えて、成田街道に興奮と熱気が渦巻いた。あとから行列見物に加わった連中が、

「おい、なんだなんだ」

「成田屋のお練りか」

「團十郎の成田山入りじゃねえらしいな。人込みで見えねえぜ」

「おい、おれを肩車してくんな」
「あとで交替だぜ、相棒」
と人垣の後ろの見物人らは互いに肩車したり、土産物屋の前に出された縁台の上に乗ったりして、街道を行く一行を覗き込んだ。
「おい、大変だぜ。三河蔦屋の大旦那がよ、胸の前に不動明王様を抱えて成田山に向っているんだよ」
「代わってくんな、相棒」
「おれが合掌するまで待て」
「それじゃあ、行列が通り過ぎやしねえか」
とあちらこちらで大騒ぎが起こっていた。
このとき、染左衛門の口から不動明王ご真言が洩れてきた。
「のーまく　さんまんだー
ばーざらだん　せんだー
まーかろ　しゃーだー
そわたや　うんたらたー
かんまん」

喧噪《けんそう》の街道が信仰の場に変わった。

信徒団のみならず野次馬の見物人も、染左衛門に合わせて不動明王ご真言を唱え始めた。

三河蔦屋の一行は街道を離れて門前町に入っていった。すると金無垢の不動明王像を一目見ようとする信徒衆や見物人はますます膨れ上がり、両脇の旅籠や土産物屋の二階や屋根にも鈴生りの人の姿が見えた。

小籐次は尖《とが》った眼を感じた。

この群衆の中に敵意を持った者たちが混じっていて、染左衛門一行の行列を監視していた。

小籐次は辺りを見回した。だが、余りに多くの群衆に、どこからその敵意の眼が注がれているか分らなかった。

冬三郎と目が合った。

小籐次自ら冬三郎の傍らに寄った。

「染左衛門どのの三夜籠りの話、聞かれたな」

「手代さんから聞かされて驚いているところにございますよ。成田山はこの季節、冷えますでな。大旦那の身が案じられます」

「染左衛門どのの決心は固かろう。だれがなにを言うても翻意はなさるまい」

「大旦那は一旦下した決断を変えるお方ではございません」

　と冬三郎が言い切った。

「開眼堂をご存じか」

「へえ。本堂の背後の杜《もり》に文殊の池がございまして、その傍らに建つ六角堂です。お坊さんがお籠りをする、小さな参籠堂《さんろうどう》にございますよ」

「冷え込もうな」

　日中、青空の下でも底冷えする成田山だ。これが夜ともなれば氷点下近くに下がることが予測された。

「修行のための御堂で、火の気《け》は一切ございません。文殊の池の水が凍っても不思議じゃございませんよ、赤目様」

　冬三郎の声には強い懸念があった。

「染左衛門どのの決意が変わらぬ以上、われらは密かに開眼堂近くに待機し、なにが起こっても応じられる手筈を整えておくしかあるまい」

「へえ」

「気付いているか、冬三郎どの」

と小籐次が歓喜する群衆に目を向けた。

「やはりそうでしたか。最前からぞくぞくと嫌な感じが体の中を走り回っておりますんで」

「なんぞ策を講じておかねばな」

「大旦那のお籠りの間、六角堂近くに待機所を設けて、われらが詰められるようにしてもらいましょうか。手代の弘吉さんに寺に掛け合ってもらいます」

「そうしてもらえるか。なにが起こってもいかぬでな、ついでにお医師の手配も願えぬか」

小籐次も染左衛門の体調を案じて願った。

「分りました」

冬三郎が請け合い、小籐次は染左衛門が一歩一歩踏みしめるように歩く背後に戻った。

一行はいつしか門前町の中ほどに差し掛かり、群衆の向こうから、

「貫首寛慈大僧正様のお出ましじゃぞ！」

という声が響いてきた。

深川の惣名主三河蔦屋染左衛門の成田山詣でも、金無垢の不動明王寄進も、そ

の前の開眼堂での三晩のお籠りも、すべて手筈が整った上での行動だったのだ。そのことを貫首の出迎えが示していた。

門前町から表参道に曲がると、さらに多くの講中の人々が金無垢の不動明王像の到来を迎えようと雲集していた。

石畳の群衆を弘吉と泰三郎の提灯が分けると、仁王門の前に袈裟《けさ》に身を包んだ貫首らが、寄進される不動明王像を声明《しょうみょう》で迎えた。

前もって染左衛門の命があったのか、手代の弘吉と泰三郎が参道途中で止まった。

不動明王ご真言を唱えながら、染左衛門一人が胸に不動明王を抱えて進む。これから本堂を経て、開眼堂まで染左衛門は独りで進む気なのだろう。

急な石段の途中に建つ八脚門《やつあしもん》の仁王門下の広場と石段前に集まった信徒たちが、合掌してご真言を唱えながら染左衛門の行動を見守った。

冬三郎が参道に立ち止まった弘吉と話し合い、二人が小籐次の傍らに来た。

「赤目様、わっしらは本堂に先行しませんか」

「それがよかろう」

大勢の群衆が見守る中、染左衛門に危害を加えるとは考えられなかった。

小籐次はおあきに駿太郎の世話を頼み、冬三郎がおこうに、

「おこうさん方女衆はまず定宿に入って下され」

と願うと、二人は群衆の間を割って人込みの背後に出た。

成田山新勝寺にお参りする信徒たちは参道から石段を上がって大伽藍の前に進む。

小籐次と冬三郎と弘吉の三人は、石段の傍らにある坂を走り上がって本堂前の広場に出た。成田山新勝寺をよく知る冬三郎が、小籐次を本堂の回廊へ上がる階《きざはし》へと案内してくれた。

わあっ！

という大歓声が上がり、染左衛門が胸に不動明王像を抱えて石段を上りきったことを告げた。

広場を埋める本堂前の群衆の間に新たな僧侶の一団が姿を見せ、声明を唱えながら染左衛門を先導した。

小籐次はご真言を唱える染左衛門の顔が紅潮していることを見ていた。

染左衛門は病に侵された身で成田山新勝寺に戻ってきた至福を全身に感じていたのだ。

「なんとか三晩のお籠りを無事に勤めあげられるとよいが」

「それでございますよ。大旦那はお年だ。その上、体のお加減は決してよくございません。わっしはようもあの体で成田山新勝寺の石段を上られたと驚いております。こいつはね、わっしら奉公人だけではどうにもならなかったことなので。赤目様を大旦那が信頼し、赤目様が即座に大旦那のお気持ちに応《こた》えて下さったからこそ叶えられたことなんでございますよ」

僧侶団の声明に導かれた染左衛門は、御護摩祈禱《きとう》が行われる本堂の階段に掛かった。その先に、染左衛門が夢にまで見た本堂が待ち受けていた。

重さ一貫目の不動明王像を抱えた染左衛門が階段の途中でよろめき、見物人から悲鳴が上がった。

だが、染左衛門は必死で体勢を立て直し、階段を上がると、本堂に入る前に信徒衆や見物人を振り返り、胸前の不動明王像を高々と差し上げた。

うおおっ！

再びどよめきが起こり、歓喜の声が随喜の涙へと変わっていった。そして、再び染左衛門の口から、

「のーまく　さんまんだー」

のご真言が唱えられると、大勢の信徒や参拝客らが和した。

染左衛門は何度か不動明王像を差し上げると、改めて本堂に向き直った。その背に、

「三河蔦屋！」

の声が飛んだ。

「深川講中信徒総代！」

染左衛門の不動明王への帰依ぶりを称《たた》える声が続いて、成田山の杜に木霊《こだま》し、大空へと立ち昇っていった。

三

成田山新勝寺の杜、文殊の池の端にある開眼堂からかすれた声の不動明王ご真言が洩れていた。そして、戸の隙間から炎が見えた。

御護摩祈禱で護摩木が燃える炎だった。

手代の弘吉と小籐次が新勝寺の庫裏《くり》に出向き、染左衛門が籠る開眼堂になんぞ暖を入れることはできぬかと掛け合った。

染左衛門が本堂で御護摩祈禱をしてもらっている間のことだ。

むろん二人とも開眼堂が修行の場であり、火の気など持ち込むことが禁じられていることを承知していた。それでも病を抱えた染左衛門の体を案じたからだ。

新勝寺の庫裏でも僧侶たちが侃々諤々《かんかんがくがく》論じ合った後、一人の老僧が言い出した。

「三河蔦屋どのの身を案じるそなたの気持ちはよう分る。じゃが、修行堂に暖を入れるなど無理なことだ」

「御坊、それでは大旦那様は三夜籠りの間に寒さで息絶えられましょう」

「手代さんや、ご真言を唱えながら死ぬのは即身成仏。喜ばしいことではないか」

「そうはおっしゃいますが、大旦那様にはご本尊出開帳を見守る務めがございます」

「そうか、三河蔦屋どのにはその大事な務めがあったな」

と老僧も頭を抱えた。

「御坊、当寺では御護摩祈禱をおやりになりますな」

と言い出したのは赤目小籐次だ。

老僧が白衣を着た小籐次を見て、

「このお方は」

　という顔で弘吉を見た。

「こたび、大旦那様を成田山新勝寺まで導いてこられた赤目小籐次様にございます」

「はて、どこかで聞いたような名じゃが」

「そうでございましょうとも。このお方は、主君の受けた恥を雪がんと大名四家に独り立ち向われ、参勤行列の御鑓を斬り落とした、あの酔いどれ小籐次様にございます」

「おおっ、三河蔦屋どのとそのお方が知り合いであったか」

　新勝寺の庫裏にいた僧侶らが小籐次を注視した。

「赤目様、寛朝大僧正の開基なされた新勝寺、御護摩祈禱は大事な務めにございますよ」

　と老僧が応じた。

「火を焚《た》く意はなんでござるか、お教え願いたい」

「御護摩の火はお不動様の智慧《ちえ》を象徴し、薪《まき》は煩悩を表しておりますのじゃ」

「ならば、火を焚くことは大事な修行でもございますな」

「いかにも」

「不動明王に帰依する三河蔦屋染左衛門どのが、開眼堂で金無垢の不動明王とともに三夜籠りをなさる折り、護摩木を焚かれるのは宗旨に反しますかな」

しばし座に沈黙が支配したあと、

「おお、よいことに気付かれた。三河蔦屋どのが護摩木をくべられるのは修行の一つ、これは暖をとることとは違いますでな」

と老僧がにっこりと笑った。

急ぎ開眼堂に護摩壇が築かれ、染左衛門は不動明王ご真言を唱えながら、護摩木を時折り炎にくべることになった。

これで染左衛門が凍死する心配はなくなった。それでも染左衛門に害意を抱く者たちが残っていた。

ご真言が聞こえる杜に竹と筵の小屋ができていた。その中には小籐次と冬三郎が詰め、染左衛門の声を聞いていた。

「赤目様、三夜は長うございます。交替で務めましょう。赤目様は酒を飲んで少し仮眠なさいませんか」

と冬三郎が言い出した。

「染左衛門どのは寒夜にお籠り修行。わしが酒を飲むなど許されようか」

「大旦那が護摩を焚く修行を言い出されたのは赤目様にございますそうな。あれは暖ではございませぬ。炎はお不動様の智慧じゃそうな。この酒は酔いどれ様の智慧の源、お不動様もお許し下されましょう」

と冬三郎が言い出し、茶碗に徳利の酒を注いだ。

「おお、この匂いには抗しきれぬ。わし一人、頂戴してよいかのう」

「どうか好きなだけお飲み下され。そのほうがわっしも安心にございます」

と冬三郎が笑った。

「ならば頂戴致す」

小籐次はくんくんと酒の香りを嗅ぎ、ゆっくりと口に含んだ。

冬三郎は小籐次が茶碗に口をつけた途端、厳しい表情が崩れて好々爺《こうこうや》に変貌したのを見た。

「ほんとうに酒がお好きなのでございますね」

「わしが親父の目を掠《かす》めて酒の味を覚えたのは十五、六のことでな。奉公する屋敷が品川宿近くにあったで、品川の裏路地の薄汚い酒屋に出入りを始めたのじゃ。だが、心から酒の味を知ったのは三十を過ぎてのことであったと思う。ともかく、酒の上のしくじりは数知れず、この世に酒さえなくばどれほど清々《すがすが》しく生きられるものかと思うがのう」

「止められませんか」

「止められぬな」

「それでよろしいのではございませんか。一つくらい煩悩があったほうが人間らしゅうございます」

と冬三郎が笑った。

「そうか、そうよのう」

小籐次は二杯目をそっと注いだ。

「赤目様、無事に成田山を下りられるとして、帰路に再びよからぬことを企む面々が襲来しますかな」

「帰路よりは、この成田山のお籠りの最中が危ないと見ており申す」

「堀田家は成田山新勝寺の庇護者ですので、成田山の境内での無法は避けるかと思っておりましたが」

「わしが堀田正頼ならば、この機会を逃さぬ」

小籐次の言葉を聞いた冬三郎の顔色が変わった。

「そのこともあったゆえ、赤目様はこの小屋に詰めることをお申し出なさいましたか」

小籐次が頷いた。

「今晩にも襲いきましょうか」

「われらがこの三夜お籠りを知ったのは本日の昼前であった。相手方はつい最前であろう。人数を集め、こちらの油断を見澄まして襲いくるのは、明晩、いや、気の緩みが出る三晩目の未明とみた」

と小籐次が言い切った。


初日の夜籠りは無事に済んだ。

朝、手代の弘吉と泰三郎が開眼堂の染左衛門の様子を見に姿を見せ、食べ物と水を差し入れた。参籠堂の中に入ったのは弘吉だけだ。残った泰三郎が小籐次の筵張りの小屋に回ってきた。

弘吉が開眼堂に入った後、染左衛門のご真言は止んでいた。

「ご苦労さまにございます」

と泰三郎が小籐次と冬三郎を労った。

「どうじゃな、大旦那の様子は」

と冬三郎が訊いた。

「外から見るかぎりお元気な様子でした」

「護摩壇があるのだ、寒くはなかろう」

「却《かえ》って暑いくらいで、大旦那様は水を所望なさっておられました」

「そうか。寒さは案じなくともよいか」

「冬三郎どの、却って水を小まめに取らなければ体が消耗します。それにしてもこの小屋は寒いですね」

「筵一枚だからな。こちらが修行をしているようで明け方は応えたぞ。居眠りもできんでちょうどよいがな」

冬三郎が苦笑いした。

「それにしても寒うございます、今晩は手あぶりなど用意しましょうか」

と泰三郎が言ったとき、開眼堂から再びご真言が聞こえてきた。そして、弘吉が籠を下げて見張り小屋に回ってきた。

「大旦那はなんぞ口にされたか」

と冬三郎が問うた。

「水は飲まれましたが、食べ物はお籠りの間、一切口にしないそうで、持ち帰れと命じられました。なんとなく予測はしていたことですが」

弘吉が染左衛門の体を思って不安げな顔をした。

「水は桶ごとおいてきました」

そう言った弘吉は食べ物が入った籠を小籐次と冬三郎に差し出した。

「握り飯と菜が入っております」

「染左衛門どののおこぼれか、あとで頂戴しよう」

と答えた小籐次に弘吉が、

「昼間は私どもが代わりを務めましょうか」

と申し出た。

「まず昼間、堀田の分家が開眼堂に襲い来ることはあるまい。冬三郎どの、われら二人のうち一人だけ残り、交替で旅籠に戻って仮眠を取ろうか」

「なら赤目様、まず旅籠にお帰りになって体を休めて下さい」

「わしが先でよいか」

「なんぞあれば手代さんに走ってもらいます。二刻（四時間）交替でいかがですか」

にした。
まり、まず小籐次と泰三郎が開眼堂の見張り小屋から成田山門前町に下りること
夜間の見張りを務める小籐次と冬三郎に、手代の二人が昼間助勢することが決
「相分った」

「昼過ぎには戻って参るでな」

「ごゆっくり」

という冬三郎の言葉に送られて小籐次と泰三郎は成田山の文殊の池を離れた。

「旅籠の皆に異変はなかろうな」

「おこうさんをはじめ、元気です。駿太郎さんもおあきさんが面倒を見ていますから心配ございません」

小籐次と泰三郎は下山するとき、本堂にお参りして仁王門がある石段を下った。

今朝も早くからぞろぞろと成田山新勝寺詣での講中の人が石段を上がって、不動明王像が安置された大伽藍を目指していた。

三河蔦屋の定宿は、表参道の正面にある、堂々たる三階建の江戸講中御宿印西屋だった。

成田山新勝寺に門前町が形作られたのは、元禄十六年（一七〇三）に始まった

江戸出開帳の成功を受けてのことだ。江戸庶民の間に成田山詣でが流行《はや》り、それを受け入れるための旅籠、講中宿が次々に建てられることになった。印西屋はその一軒だ。

「立派な旅籠じゃな」

「成田の中でも一番大きな講中宿にございます」

旅籠印西屋の前に、

「江戸深川惣名主三河蔦屋様ご一行宿泊」

の立て札が立てられて、印西屋と三河蔦屋の古い付き合いを示していた。

広土間ではこれから新勝寺参りに向う講中一行に、

「よいですかな、ご本堂には大勢の人がおられますから、迷子にならぬように気をつけて下さい。もしはぐれたら、この印西屋に戻ってくるのですぞ。一人で勝手に門前町に行って土産物屋などをうろつかないように願います」

と先達が注意を与え、

「行ってらっしゃいまし」

と番頭、女衆の声に送られて出ていった。すると急にがらんとした印西屋の上がり框《がまち》に駿太郎が立っていて、

「爺じい」

と呼んだ。

「皆の衆に迷惑をかけておらぬか」

「赤目様、駿太郎さんは聞きわけがよいお子です。さすがにお武家様のお子です。こちらでもだれもが褒めておいでです」

とおあきが姿を見せて言った。その後ろにおこうもいた。

「大旦那様はいかがにございますか」

「元気でお籠りを続けておられる。ご真言の声もしっかりしておられるで、三夜籠りはなんとか果たせそうな感じじゃな」

「ほっとしました」

とおこうが安堵の表情を見せた。

「赤目様、私どもはこれからお参りに行って参ります。駿太郎さんを伴ってようございますか」

とおあきが小籐次に許しを乞うた。

「本来ならわしが駿太郎の面倒をみなければならぬのだが」

「いえ、赤目様は大旦那様のことで手一杯にございましょう。駿太郎さんは私たちに任せて下さい」

とおあきが言い、二人の女に伴われた駿太郎が新勝寺詣でに出ていった。

「赤目様にございますな。徹夜のお見廻りご苦労さまにございました」

と印西屋の番頭が小籐次に声をかけた。

「番頭さん、赤目様は昼までこちらで仮眠して、うちの主船頭の冬三郎さんと交替なさる。朝餉を仕度してくれませんか」

と泰三郎が願い、

「それは腹も空いたことでしょう。朝風呂が立っておりますで、赤目様、湯に入られませんか。その間にご膳を用意致しますでな」

と番頭に言われて、小籐次はその足で印西屋の湯殿に向った。かかり湯を使って湯船に身を沈めた。

ふうっ
と思わず息を吐いて小籐次は、

「あと二夜か」

と呟いた。

小籐次が湯から上がり、台所の板の間に用意された朝餉の膳を前にしたとき、手代の泰三郎が冬三郎の配下の水夫の一人を連れてきた。

「赤目様、いささか気になることを静吉さんが見かけたそうです」

「ほう、なんじゃな」

「静吉さんと朋輩の義五郎さんが門前町に使いに出たところ、印西屋と一、二を争う講中宿の下総屋に、船問屋駿河屋の旦那の貞九郎様一行が着いたばかりのところに出くわしたそうです。駿河屋の旦那は……」

「染左衛門どのの後釜に、江戸出開帳の総頭取の座を狙う急先鋒であったな」

「赤目様、ご存じでしたか」

泰三郎が驚きの顔をした。

「駿河屋の旦那一行が成田山に姿を見せたはただの偶然か。それとも、なんぞ曰《いわ》くがあってのことか」

「下総屋は義五郎が見張っております」

と静吉が言った。

「赤目様、私も下総屋の様子を見て参りましょうか」

「いや、相手を刺激してはならぬ。なんぞあるとしたら今晩か、明晩。それも開眼堂であろう」

と応じた小籐次は、

「それより、このことを見張り小屋に知らせてくれぬか」

と命じると静吉が立ち上がった。

「静吉どの、冬三郎どのらに知らせたら下総屋に行き、義五郎どのとともに見張りに加わってくれぬか」

と命じた。畏まりました、と答えた静吉が台所から姿を消した。


小籐次は朝餉を食すると一刻半ほど眠りに就いた。目覚めたとき、小籐次の体に英気が蘇《よみがえ》っていた。手代の泰三郎を連れて開眼堂へ戻る前に小籐次は、駿河屋一行の講中宿下総屋に回った。

破れ笠に面体《めんてい》を隠した小籐次と泰三郎が下総屋の前を通り過ぎると、すうっと義五郎が二人に近付いてきて、

「赤目様、印旛沼にいた侍が下総屋の駿河屋の旦那を訪ねました」

「ほう、いよいよ役者が勢ぞろいしてきたな」

「駿河屋様方は夜旅をしてきたようで、ただ今は眠っているそうです」

「なんにしても事が起こるのは夜のことであろう」

下総屋の見張りを義五郎と静吉に任せた小籐次と泰三郎は、再び成田山文殊の池の端に向った。

開眼堂からは高く低く不動明王ご真言が聞こえていた。

小籐次はその声音が今朝方より弱くなっていることに気付いた。

筵がけの見張り小屋に入ると、いつの間にか手あぶりが用意されていた。

「冬三郎どの、弘吉どの、ご苦労であった。交替致そう」

「駿河屋一行が姿を見せたそうですね。堀田正頼様と組んでいるのは駿河屋貞九郎と見てようございますな」

「街道荒らしの獅子頭の丹兵衛は、駿河屋に金で雇われた使い走りかのう」

「そんなところでしょうか。厄介なのは堀田正頼様が出てこられることです。なんといっても堀田家の分家の血筋ですからね」

と冬三郎がそのことを案じた。

「あと二晩、何事もないことを祈りたいものじゃ。それより染左衛門どのの声音が弱くなっているように思うが、お加減はいかがかな」

「そのことです。頰がげっそりと削《そ》げて目がぎらぎらしておられますが、気力は衰えておりません」

「よし、代わろう」

見張り小屋から冬三郎と弘吉が姿を消した。

四

二夜目の開眼堂お籠りも無事に終わった。

いよいよ一夜を残すのみになった。

三日目の夕暮れ、小籐次が開眼堂の弱々しくなった染左衛門のご真言を聞いていると、冬三郎と弘吉が血相を変えて見張り小屋に飛び込んできた。

「おこうさんとおあきさんと駿太郎さんの姿が見えませんので。なんでも印西屋の周りを怪しげな風体《ふうてい》の男がうろついているというので、まさかとは思いますが、拐《かどわ》かされたのではないかと案じております。赤目様、こちらはわっしらが務めます。印西屋に急ぎ戻ってくれませんか」

「承知した」

小籐次は孫六兼元を腰に差すと、文殊の池から成田山門前町へと一気に駆け下った。

印西屋に飛び込むと、いなくなったというおこうの姿があっておろおろしていた。

「おお、無事だったか」

「赤目様、申し訳ございません」

と叫ぶようにおこうが言った。

「なにがあったか事情を聞こうか」

「はっ、はい」

とおこうは応じて、

「七つの刻限、門前町の土産物屋を覗いてみようかとおあきと話し合い、駿太郎さんを連れて印西屋さんを出ました。ちょうど新勝寺参拝から戻られる講中の方々で門前町の入口はごった返しておりました。するとどこかの男衆が、『おまえさん方は三河蔦屋の連れだね』と尋ねてきまして私が頷きますと、『大旦那様が倒れた、直ぐに開眼堂に来て下され』とのことで、狼狽《ろうばい》した私らを男が案内しようとしました。人込みを抜けたところでおあきが、『おこう様、知らせが入るなら手代さんから入る筈だわ、おかしい』と言い出し、駿太郎さんの手を引いて、人込みに駆け込んだんです。そしたら、男の形相《ぎょうそう》が変わって、『逃がすものか』

とおあきと駿太郎さんを追いかけていきました。私も今度は男の後を必死で追いましたが、門前町はなにしろ大勢の講中で込み合っておりまして、男の姿も、おあきと駿太郎さんも見失ってしまいました。それでもあちらこちら探し歩きまして、駿河屋さんの一行が泊まっているという下総屋の前にも行きました」

「おこうどの、危ないことをなさったな」

「おあきさんと駿太郎さんがいなくなったのは私の責任です」

「おあきさんと駿太郎が相手の手に落ちたというわけではないのじゃな」

「分りません。ただ、私たちに話しかけた男が下総屋に飛び込んでいくのを見かけました」

「一人か」

「はい。おあきも駿太郎さんも連れてはいませんでした。慌てた様子で飛び込んでいったあと、大勢の仲間を連れてまた慌ただしく門前町のほうに走って行きました。私はその様子を下総屋の前の川魚料理屋の路地にある稲荷社《いなりしゃ》の暗がりから見ておりました」

「それがいつのことだ」

「つい四半刻前のことです」

小籐次はおこうの話を沈思して整理した。駿河屋一味はおあきと駿太郎を捕まえたというわけではないようだ。

「下総屋を見張っているか」

「静吉さんが私の話を聞いて飛び出していきました」

「おこうどの、大体様子は分った。あとはわしに任せよ」

「駿太郎さんとおあきの身、大事ございませんか」

「おあきさんは機転の利く娘じゃ。また門前町界隈のこともよう承知じゃ。話の様子じゃと、どこかに駿太郎と身を潜めておるような気がする」

二人の話を心配げな表情で聞いていた印西屋の番頭に小籐次は、

「番頭どの、一升桝《ます》に酒を一杯頂戴できぬか」

と願った。

「赤目様、容易《たやす》いことで」

すぐになみなみと酒が注がれた桝を番頭自ら運んできた。

「頂戴致す」

小籐次は印西屋の玄関先で両手で桝酒を受け取ると、桝の角に口を寄せた。くいくいと喉を鳴らして一升の酒を胃の腑に収めた小籐次は、

「おこうどの、心配致すな。明日には染左衛門どののお籠りもあける。おあきさんも駿太郎も無事に姿を見せるでな」

と言い置くと印西屋を走り出た。

破れ笠はもはや要《い》らぬほどの夕闇だった。だが、小籐次は笠を脱ぐ気はなかった。

門前町から一本入ったところに、駿河屋一行が泊まっている下総屋の建物が見えてきた。印西屋に劣らぬほどの堂々たる構えだった。

「赤目様」

と声がかかったのは稲荷社の鳥居の陰からだ。

「おお、静吉さんか。どんな様子かな」

「おあきさんと駿太郎さんが奴らの手に落ちた様子はございません」

「よし」

と小籐次が応じた。

「つい最前、印旛沼でわっしらを襲った剣客が宿を出たので、朋輩の義五郎があとを尾《つ》けています」

「ほう、二宮連太郎が姿を見せたとな。風向きが変わったようじゃ」

「本日は羽織袴《はかま》を着ておりましたが、あやつに間違いございません」

「駿河屋との連絡《つなぎ》に来たのであろう。獅子頭の丹兵衛は街道荒らしとして、代官所や佐倉藩から手配がなされておろう。そのような連中を成田山新勝寺の講中宿に泊めるわけにはいくまいでな。奴らはどこか別の場所に塒《ねぐら》をおいているのではないか」

小籐次は静吉と一緒に義五郎の帰りを稲荷社の暗がりで待った。

しんしんとした寒さが門前町におりてきた。小籐次が静吉と会って半刻もしたころか、義五郎が額に汗を光らせて戻ってきた。

「ご苦労であった」

「赤目様、獅子頭の丹兵衛一味は、香取鹿島道を成田から半里余り離れた百姓家の納屋に塒を設けております。その百姓家は無人で、ただ今は酒を飲んでおりますが、夜半まで一眠りする様子でございます」

「おあきさんと駿太郎の姿はないな」

ございません、と義五郎が首を横に振った。

「よう突きとめてくれた」

義五郎を労った小籐次が静吉に、

「このことを、開眼堂の見張り小屋の冬三郎どのらに知らせてもらえぬか。わしは義五郎どのの案内で、獅子頭の丹兵衛一味を潰しに参る」

と言うと、静吉は合点ですと頷いた。


無人の百姓家は成田山の門前町から夜道で四半刻のところ、壊れかけた長屋門の奥にあった。納屋に近付くとごうごうという鼾が響いていた。それでも不寝番は残しているようで話し声が外に洩れてきた。

「赤目様、連中は二宮ら剣術家三人をいれて十人ほどです」

義五郎が言った。

「相分った」

小籐次は納屋の壁に立てかけられてあった鍬《くわ》の柄を摑むと、軽く振ってみた。三尺五寸ほどで手頃の得物だった。すると義五郎も真似て棒を摑んだ。

「よいか、そなたは戸口に姿勢を低くして待ちかまえ、納屋から逃げ出す者がおれば脛《すね》をかっぱらうのだ。それ以上のことはするでないぞ」

「分りました」

と答える義五郎の声は少し震えていた。

「なあに、一人とて逃しはせぬ」

小籐次が閉じられた戸口に立つと、義五郎が戸をがたぴしと引き開けた。

土間に切られた囲炉裏で三人の男が茶碗酒を飲んでいた。その奥の板の間に夜具を被って七、八人が仮眠していた。茶碗酒の一人は浪人者だ。

「何奴《なにやつ》か」

と浪人者が傍らの剣を摑んで立ち上がった。

「酔いどれ小籐次、推参」

静かに宣告した小籐次は一気に間合いを詰めると、刀の鞘を払おうとした浪人の額を強《したた》かに鍬の柄で叩いた。くたくたと囲炉裏端に倒れる姿には目も留めず、獅子頭の丹兵衛一味の手下の二人を、肩口と首筋を叩いて土間に転がした。

「何事か」

と夜具を飛ばして二宮連太郎が奥の間から起き上がった。

そのときには小籐次は板の間に飛び上がり、目を覚まして慌てて立ち上がった一味を叩き、突き、打ちのめして夜具の上に転がした。

疾風怒濤《どとう》の小籐次の攻めに不意を衝かれた獅子頭の丹兵衛一味は、奥の間の破れ畳に寝ていた丹兵衛ら三人を残すのみになった。

「酔いどれ小籐次か」

船橋宿外れの意富比神社の境内で顔を合わせた縞羽織の男が小籐次を睨んだ。手にした派手な拵えの長脇差を抜き放った。

「やはり、おぬしが獅子頭の丹兵衛か。江戸横川筋の船問屋駿河屋に金で雇われ、三河蔦屋の染左衛門どのを亡きものにしようとした罪軽からず。どうせお縄になれば獄門台に首を曝す身だ。赤目小籐次がきれいさっぱりあの世に送ってやろうか」

「抜かせ」

獅子頭の丹兵衛が長脇差を構えた傍らで、二宮連太郎と仲間の剣術家崩れの浪人が大刀を抜き放った。

小籐次は鍬の柄を捨てると板の間から土間に飛び降りた。そして、孫六兼元の鞘を静かに払った。

その様子を、義五郎は戸口の敷居近くに顔を寄せて見ていた。

「酔いどれ小籐次、おぬしの老首、二宮連太郎がとる！」

静かに言い放った二宮が夜具を蹴《け》散らかして土間に飛び降りた。仲間の剣客も着流しの裾を乱して、二宮とほぼ同時に土間に跳んだ。

義五郎は見た。

小籐次の小さな体が二人の剣客の間に踏み込み、手にしていた孫六兼元を横手左右に流すと刃《やいば》が漣《さざなみ》が立ったように光り、二人の首筋から、
ぱあっ
と血飛沫が飛んで扇状に広がり、どさりどさりと土間に斃《たお》れ込んだ。

「来島水軍流漣」

という低声《こごえ》が小籐次の口から洩れ、

「やりやがったな！」

と仲間をすべて倒された獅子頭の丹兵衛が長脇差を大きく振り翳して小籐次に斬りかかるところを、血に濡れた孫六兼元の切っ先が丹兵衛の喉元に吸い込まれて、串刺しにした。

義五郎はがたがたと震えながら、小籐次が一瞬裡に十人ほどの獅子頭の丹兵衛一味を征伐した光景を見た。

「お、おっ魂消た」

その声が義五郎の口から洩れたとき、小籐次は何事もなかったように兼元に血ぶりをくれていた。

八つ（午前二時）の時鐘が成田山新勝寺境内に鳴り響いた。

見張り小屋の冬三郎らは、開眼堂を取り囲む殺気をひたひたと感じていた。

染左衛門の三夜籠りもついにあと二刻ほどで三日目の朝を迎える。さすがに不動明王ご真言の声は弱々しくも途切れがちになっていた。だが、途切れたかと思うと、また、

「のーまく　さんまんだー
ばーざらだん　せんだー
…………」

と必死のご真言が再開された。

「なんとしても大旦那のご祈禱と金無垢の不動明王開眼を果たしてもらいたい」

と冬三郎は木刀を握りしめた。

弘吉と静吉もまた道中差の柄に手をかけて悲壮な覚悟をした。命を賭して大旦那様の大願成就をなすのだ。三人の奉公人はその肚を固めた。それでも、

「赤目様は駿太郎さんとおあきの居所を見つけておられぬか」

と冬三郎の口からこの言葉が洩れた。

開眼堂を押し包む殺気の輪は、なぜかそれ以上開眼堂に迫ることを止めていた。その態勢のまま半刻、一刻と過ぎた。

「頭、わっしが様子を見てきます」

静吉が見張り小屋を抜け出た。

開眼堂を囲んでいるのは、佐倉藩主堀田家の分家堀田正頼の家来と思えた。槍を携えたその数、十四、五人か。そして、その背後に堀田正頼と駿河屋貞九郎の二人がいた。

暗闇の中から二人の声が伝わってきた。

「駿河屋、獅子頭の丹兵衛一味は遅いではないか」

「九つ半（午前一時）まではこの場に来るようにと、あれほど念を押してございます。もうそろそろ参りましょう」

と答える駿河屋の声にも動揺が感じられた。

「この場に赤目小籐次がいる様子もない。赤目に襲われたのではないか」

「そのようなことがございましょうか」

「ならばなぜ獅子頭の一味も赤目もおらぬのか」

「殿様、赤目小籐次がおらぬとなれば、この隙に一気に三河蔦屋の命、頂戴致しませぬか」

「われらは後詰《ごづ》めじゃ。そなたの雇うた獅子頭一味が血に汚れた働きをする約定ではないか」

「殿様、このまま朝を迎えさせてよいのでございますか。江戸でのご本尊出開帳をしっかりとわれらのものにするためにも、ここで行動を起こさねばなりませんぞ」

うーむ
と唸った堀田正頼が、

「よし」

と決断した。

そのとき、東の空が明るくなり始め、その薄闇に、
ぶううん
という羽音が響いた。

「なんじゃ、この音は」

堀田正頼と駿河屋貞九郎が振り向くと、地表を二つの竹とんぼが飛翔して、不意に高度を上げた。そして、次の瞬間、竹とんぼが分れて、驚く二人の頬を鋭い

竹の羽根で斬り裂いた。

「ああっ」

と二人が竹とんぼを振り払おうとすると、その手先を竹とんぼが襲って、手を斬り裂いて血を振りまいた。

「何奴か」

と堀田正頼が叫んだ。

薄闇がゆらりと揺れて小籐次が姿を見せた。

「おのれ、赤目小籐次め。者ども、こやつを囲んで串刺しにせえ！」

と堀田正頼が叫んだ。

分家の家来が五つ、いや、六つの穂先を揃えて小籐次を囲んだ。そして、槍と槍の間に剣を構えた仲間が控えた。

円陣に囲まれながら小籐次はこの夜、二度目の、孫六兼元の柄に手をかけた。

「そなたら、酔いどれ小籐次の御鑓斬りの勲しを知らぬとみゆるな」

「爺侍が大言を吐くでない。一気に刺し殺せ」

六つの槍が、小柄な小籐次の胸を串刺しにしようとした。すると小籐次の体が、すとんと地べたに落ちて仰向《あおむ》けに寝転がった。六つの穂先が虚空を突いて、互いの穂先があたって火花を散らした。

仰向けのまま、小籐次の孫六兼元が閃《ひらめ》くと、合わさった六つの穂先を一撃で斬り飛ばした。

「おおっ！」

「しゃあっ！」

と驚愕《きょうがく》した槍方が柄を引いた。その瞬間、小籐次が、
ひょい
と飛び起きて孫六兼元を手に躍ると、旋風が巻き起こり、槍方、剣者が峰に返された孫六兼元に次々に打たれてその場に倒れ込んだ。

「許せぬ」

堀田正頼が羽織を脱ぎ棄《す》てた。

そのとき、成田山新勝寺の杜に凜然《りんぜん》とした声が響き渡った。

「分家、なんの真似か」

「なにっ」

と薄闇を透かした堀田正頼が、

「殿、なぜまたかような場所に」

堀田正愛と新勝寺貫首寛慈大僧正が並んで立っていた。

「正頼、利に眩《くら》んだ江戸商人と結託し、成田山新勝寺の江戸ご本尊出開帳を牛耳ろうなどとは、もってのほかじゃ」

と若い声が叱咤し、

「早々に分家屋敷に立ち戻れ。追って沙汰する」

という声が続いて、分家一統が怪我をした家来を連れて早々に立ち退《の》いた。

「赤目小籐次、大儀であったな。あとは予と新勝寺貫首に後始末を任せてくれぬか」

その場に残された駿河屋一行を佐倉藩主と新勝寺貫首が睨んだ。すると駿河屋貞九郎が愕然《がくぜん》とその場に膝を突いた。その傍らに、新勝寺の納所《なっしょ》坊主稜然の姿もあった。駿河屋と組んだ新勝寺の内通者の一人であろう。

「仰せのままに」

小籐次は戦いの場を立ち退くと開眼堂に向った。

折りから朝の微光が成田山に差し込み、開眼堂の扉を射た。すると中から、
ぎいっ

と扉が開けられ、三夜籠りの御護摩祈禱を終えて、金無垢の不動明王像を開眼に導いた染左衛門が疲労困憊《こんぱい》の様子で、だが、清々しい顔で、胸前に黄金色《こがねいろ》に光り輝く不動明王像を抱いて姿を見せた。

「染左衛門どの」

「大旦那様」

と小籐次らが叫ぶところに、なんと開眼堂の中からおあきと駿太郎が現れて、

「赤目様」

「爺じい、眠いぞ」

と言いかけた。

第四章　望外川荘の蕎麦打ち

一

「船番所に近付きます！」

主船頭冬三郎の声が響いて、閉て回されていた障子が開けられた。すると中川口の船番所が水面の向こうに霞《かす》んでみえた。

屋根船の胴の間の炬燵が取り払われ、布団が敷かれて、三河蔦屋の主の染左衛門が弱々しい息をしながら両眼を閉じていた。それでも冬三郎の声が耳に届いたか、垂れた瞼をゆっくりと開けた。

成田から付き添ってくれた医師が脈を調べた。

染左衛門の視線がさ迷い、布団の傍らに控えていた小籐次と目を合わせた。

「水を」

とだれへともなく願うと、おこうが白湯《さゆ》を冷ましたものを長い注ぎ口の容器で飲ませた。ひと口ふた口飲んだ染左衛門が、
ふうっ
と安堵の息を小さく吐いた。

「酔いどれ様、お蔭さまでお不動様と会うことができた」

「よう頑張られた」

「これで心おきなくあの世に行ける」

「なにを申されます。ほれ、お屋敷に通ずる小名木川に入りましたぞ」

小籐次の声に染左衛門が必死で上体を起こそうとした。

医師と小籐次が上体を支えて起こすと、染左衛門が船番所の役人衆に向って会釈した。すると通過を前もって知らされていた役人の一人が、

「三河蔦屋、利根川水軍なる賊を退治して行徳河岸の川役人に引き渡したそうな。手柄であった」

と称賛の言葉を返した。

「なにほどのことがありましょう」

弱々しい言葉が誇らしげに洩れて、一行は小名木川を西へ、深川へと最後の船旅に入った。

布団の上に再び体を横たえた染左衛門が、

「赤目小籐次のお蔭で私がお役人に褒められた」

と笑った。

「この一行の棟梁は三河蔦屋染左衛門どのにござる。手柄があれば当然主どののもの。この勢いで、再来年のご本尊出開帳を乗り切りましょうぞ」

「酔いどれ様、私は病にとりつかれておりましてな。今日明日にも息絶えたとて不思議ではない体だよ」

おこうが悲鳴を洩らした。

「おこう、そなたらが隠しおおせたつもりでも、この染左衛門が知らいでか。いえね、酔いどれ様、最後の成田山詣でをしのけ、金無垢の不動明王像を新勝寺に寄進した今、この染左衛門にはこの世になんの未練もござらん」

と染左衛門が言い切った。

「染左衛門どの、それがし、思いがけなくも成田詣でに同道して、出開帳が大変な行事と知らされました。この総指揮をとるのは染左衛門どのしかございますまい」

「赤目小籐次、もはや私の寿命は切れておる」

染左衛門は言うと両眼を閉じた。最後の力を振り絞った染左衛門は、深川の屋敷に戻ろうとしていた。そのことしか今の染左衛門の脳裏にはなかった。

成田山の杜、文殊の池の傍らの開眼堂で三夜籠りを果たし、金無垢の不動明王像の開眼を済ませた染左衛門の体を駕籠に乗せて本堂まで運び、そこで改めて不動明王像の開眼式の法会《ほうえ》が執り行われた。

笑みを浮かべてその様子を見守っていた染左衛門だが、新勝寺全山の僧侶らの声明を聞きながら一回り小さくなった体が崩れ落ちた。

急ぎ染左衛門は旅籠印西屋に運ばれ、待機していた医師の診察を受けたが、

「ようもこのお体で冬の寒さの中、三夜籠りを果たされましたな」

というばかりで、成田の医師も染左衛門が生きてある奇跡に驚きを隠さなかった。

印西屋で体力の回復を待って深川に戻ることが小籐次らと医師の間で話し合われたが、染左衛門自身が、

「もはや成田には未練がない、息があるうちに深川に戻りたい」

と息絶え絶えの声で願い、医師を同道の上、翌日の出立が決まった。

次の日、佐倉道から木下街道を経て行徳河岸に戻り、この地で一泊した。そして、翌朝、三河蔦屋の持ち船に乗せられて小名木川に入ったところだった。

「染左衛門どの、眠られましたかな」

その顔に笑みが広がったのを見て小籐次が訊いた。

「いや、起きておる」

「成田山新勝寺詣でに同道させて頂いたお礼を、赤目小籐次、染左衛門どのに改めて申し上げたい」

「なにを抜かすやら、礼を言うのはこちらじゃ」

「いえ、それがしと駿太郎、思いがけなくも成田山新勝寺の不動明王を拝し、お礼の言葉もござらぬ。そこでじゃ、赤目小籐次、剣にて感謝申し上げたいが、お許し願えぬか」

「赤目小籐次、なにをなすというのか知らぬが、酔いどれ様のすること、染左衛門に文句はない。好き勝手になしなされ」

「有難く存ずる」

と応じた小籐次が、

「おこうどの方、染左衛門どのの体から掛け布団を外し、船の端に寄って下され」

と願った。

おこうとおあきが掛け布団を剝《は》ぐと、寝巻の上からもさらに痩《や》せたと察せられる染左衛門の体が見えた。

「それでよい」

訝しげな顔付きながらも一同が、胴の間に横たわる染左衛門と小籐次を残して舳先と艫に分れた。そして、小籐次が何事をなそうというのか、興味津々に見詰めた。

脇差長曾禰《ながそね》虎徹《こてつ》入道《にゅうどう》興里《おきさと》刃渡り一尺六寸七分を差した小籐次は、染左衛門の枕元にしばし結跏趺坐《けっかふざ》すると瞑目《めいもく》した。

瞑想を終えた小籐次が改めて屋根船の左右、天井との間合いを目測し、

「赤目小籐次、先祖伝来の剣法来島水軍流の秘剣をもって、三河蔦屋染左衛門どのの体内に宿る病の根を和《やわ》らげ申す。成田山新勝寺不動明王、再来年のご本尊江戸出開帳の年まで、染左衛門どののお命を生きながらえさせて下され、お力を貸して下され」

と願った。
その言葉を聞いた染左衛門が両眼を閉じた。
小籐次は片膝を立て、腰を上げた。
数瞬瞑目した小籐次の目が、
くあっ
と見開かれた。
両眼から炎がめらめらと燃え立つような形相で、
「ええいっ！」
という裂帛の気合いとともに興里が抜き打たれると、染左衛門の胃の腑辺りに打撃を加えた。寸止めで打たれた刃に染左衛門の体が、
ぴくん
と敷布団の上から虚空に数寸飛び上がり、落ちた。
小籐次は狭い船内をぐるりと回りながら興里を振るい続け、染左衛門の体の周りを一周した。その間、染左衛門の体は繰り返し跳ねた。
再び枕辺に戻った小籐次が興里を両手で保持して、
「病、退散致せ！」

と叫びつつ最後の一太刀《ひとたち》を打った。

「ああっ」

という声が染左衛門の口から洩れた。そして、がくりとして失神でもしたように眠りに落ちた。

小籐次は興里を鞘に戻し、掛け布団を染左衛門の体にかけた。

船内は森閑として重い沈黙が続いた。

染左衛門は大きな鼾をかいて、半刻ほど眠り続けていた。だが、染左衛門の容態を、息を凝らして見続ける人々には束《つか》の間《ま》のことだった。

鼾が止んだ。

ゆっくりと染左衛門の瞼が開けられた。

「どうしたことだ」

という呟きが洩れた。

「お加減いかがにございますな」

小籐次に眼差《まなざ》しを向けた染左衛門が、

「何年ぶりであろうな、爽《さわ》やかな目覚めじゃよ」

「それはよかった」

「胃の腑がこれほど軽いとはどうしたことか」

「痛みはござらぬか」

「このところ悩まされ続けた痛みもなければ、不快な感じもさっぱりと消えておるわ。これはどうしたことじゃ」

「不動明王様の霊験で、染左衛門どのの生命の力が蘇ったのでござろう。なんとしても江戸のご本尊出開帳の総頭取を務めよ、とのご託宣にございますぞ」

「有難い」

染左衛門が小籐次の手を握ると、両眼から涙が滂沱《ぼうだ》として流れ出た。


亥の口橋に戻った屋根船を、倅の藤四郎、嫁の佐保、孫の小太郎ら一家と大勢の奉公人が出迎えた。船着場には戸板が用意され、その傍らには、染左衛門の急変を告げに成田から先行した手代の弘吉らが心配げな顔で立っていた。ところが染左衛門は屋根船から一人で下りると、

「ただ今戻りました」

と挨拶して、唖然《あぜん》とする一同をよそに石段を自力で上がっていったのだ。

「無理は禁物じゃと、染左衛門どのに申し上げてくれぬか」

「はい」

と小籐次に向い嬉しそうに笑ったおあきが、

「楽しい旅でございました」

と道中に触れた。

「おあきさんや、そなたには驚かされたわ。まさか開眼堂に駿太郎とともに潜んでおるとは考えもしなかった」

「うちのお父つぁんは成田山出入りの宮大工なんです。いえ、棟梁なんて呼ばれる頭分ではありませんが、長年成田山にお出入りし、幼い私をよく普請場《ふしんば》に連れていってくれました。成田山の杜も建物も私の遊び場だったんです」

と笑った。

「染左衛門どのを生きながらえさせたのは、おあきさん、そなたじゃぞ」

「どうして」

「三夜籠りの三晩目、冬三郎どのも弘吉どのもわしもな、染左衛門どのの命の炎が尽きるのではないかと案じておったのだ。そなたと駿太郎がどこからどう潜り込んだか知らぬが、一夜を共にしてくれたでな、染左衛門どのは元気を取り戻された。ゆえに命の恩人はそなたと駿太郎かもしれぬ」

「そんなこと、考えもしませんでした。ただ、門前町で変な男に付きまとわれたとき、咄嗟に駿太郎さんの手を引いて、門前町から成田山の杜に走り込んでいたんです。どこから開眼堂の中に入ったか、それは秘密です」

「その機転が染左衛門どのの命を救ったことはたしかじゃな」

小籐次と駿太郎がおあきに見送られて亥の口橋際から小舟に乗ったのは、八つ半（午後三時）時分だった。

「赤目様、おあきにはすべてが信じられないことばかりでした。お礼の言葉もございません」

舫い綱を手におあきが改めて礼を述べた。

「われらにとっても忘れ難い旅になった」

「大旦那様は再来年までお元気ですよね」

「おあきさんや、勘違いをするでないぞ。赤目小籐次は一介の剣術遣い、医師でもなければ祈禱師でもござらぬ。染左衛門どのの燃え尽きようとした命の炎をわが刃で掻き立てただけのことじゃ。これからどれほどの間ご存命か、染左衛門どのの生命の力が決めることじゃ」

はい、と素直に答えたおあきがそれでも、

「大旦那様は必ずや出開帳まで生きておられます。屋敷に戻られたお顔は艶々として、足取りもしっかりとしておられました」

と答えて、手にしていた舫い綱を小舟に入れた。

「駿太郎さん、また遊びましょうね」

「姉ちゃん、また遊ぼ」

小籐次が棹で石垣を突いて小舟を堀の真ん中に出した。

「やっぱり大旦那様の命の恩人は赤目様ですよ」

と叫んだおあきが手を大きく振った。


蛤町裏河岸に立ち寄ると水面がきらきらと光り、橋板だけの船着場にうづの野菜舟が止まって、太郎吉と話していた。

「うづ姉ちゃん」

駿太郎が叫んで、うづと太郎吉が、ぱあっ、とこちらを振り向いた。

「赤目様、戻られたの。長い旅だったわね」

「染左衛門どのが三夜籠りをなされたでな、かように日にちが過ぎてしもうたわ」

「どうせ赤目様の行くところ、あれこれと騒ぎがあったんじゃねえか」

と太郎吉が笑い、小舟の舳先を受け止めてくれた。

「なくもないが、それを話せばこの船着場で一晩過ごすことになるぞ。またの機会に致そうか」

小籐次は成田山の御符をうづに差し出した。それは新勝寺の貫首寛慈大僧正が小籐次の活躍の礼に自ら認めた五枚の御符のうちの一枚だった。

「なんぞ気が利いた土産をとは思うたが、門前町の土産物屋に立ち寄る暇もなかったでな。すまぬがこれで我慢してくれぬか」

「ありがとう、赤目様。忙しい中、こんなことまでしてもらって」

うづが気持ちよく受け取ってくれた。

「そうだ、赤目様の留守の間、望外川荘を訪ねたぞ。驚いたのなんのって」

「望外川荘は広いでな、驚くのはもっともじゃ」

「そうじゃないよ。おりょう様の美しさにおりゃ、改めて魂を抜かれちまったよ。仲人なんて頼んだが、おりょう様が花嫁様のようだぜ」

「太郎吉さんたら、おりょう様に会って以来、そのことばっかりよ。私のことなんかもう眼中にないんだから」

「そうじゃないよ、うづさん。おりょう様の美しさはそこらの人間の女のものじゃねえ。弁天様か、吉原の松の位の太夫《たゆう》の美しさだ」

太郎吉はおりょうを、なんと弁天様と吉原の遊女になぞらえた。

「そりゃ、困った。おりょう様が聞かれたら当惑なされような」

と小籐次は苦笑いした。

「太郎吉さんとは違うけど、私も驚いたことがあるわ」

「ほう、なんじゃな」

「秘密よ」

「えっ、おれにだけ喋らせて、うづさんは内緒か。そりゃないぜ」

「太郎吉さんは訊かれてもいないのに勝手に喋ったんでしょ」

「ずるいな」

うづは小籐次の、

「永遠《とわ》の女《ひと》」

が北村おりょうであることはこれまでの付き合いなどで十分に承知していたが、
おりょう様の、

「理想の士」

が赤目小籐次であることに、おりょうに会って気付かされていた。

おりょうと小籐次は相思相愛なのだ。このことを太郎吉にちらりと洩らしたが、

「うづさん、考えてもみねえ。赤目様は御鑓拝借の武勇の侍だがよ、年が親子ほども離れてるぜ。それに第一、おりょう様は神々しいほどの美形、赤目様は当人も認めるもくず蟹のご面相だぜ。そんなことがあるものか」

と一蹴《いっしゅう》して取りあってくれなかった。

だが、うづの考えは変わらなかった。

「赤目様、明日の昼、おりょう様のところに野菜を持っていくことになっているの。ご一緒しませんか。おりょう様も、駿太郎様にお会いしたい、と仰ってたわ」

「そうか。成田山行きでだいぶご無沙汰したで挨拶に出向こうか」

と話が急に決まった。

「よし、そうと決まれば大川を急ぎ渡って長屋に戻ろう。仕舞い湯に間に合おうからな」

「おりょう様に会うからって、赤目様がめかし込むこともあるまい」

「めかし込むのではないぞ。身嗜《みだしな》みじゃ」

「身嗜みな」

「もっとも、成田詣での道中、着たきり雀《すずめ》でまともに着替えもしておらぬ。身嗜みもなにもあったものじゃなかったな」

「えっ、駿太郎さんも旅に出たときのまんまなの」

とうづが驚きの声を上げた。

「うづどの、駿太郎は心配いらぬ。三河蔦屋の女衆が毎日湯に入れて、着替えさせていたようだからな」

「なんだ、湯にも入らねえのは酔いどれ様だけか。早く帰って、湯に浸かったほうがいいぜ。おりょう様に屋敷への出入りを禁じられるぜ」

「そりゃ、大事《おおごと》だ。うづどの、太郎吉どの、また明日参る」

小籐次は慌てて小舟を船着場から離した。

二

小籐次は小舟をまず芝口橋際の紙問屋久慈屋の船着場に着けた。するとちょうど店仕舞いの刻限で、船着場では喜多造らが仕事に使われた船の手入れを行っていた。

「おや、赤目様、成田山新勝寺に参られていたそうな」

「さよう。ただ今戻ったでご挨拶だけでもと思うてな、立ち寄った」

「舟はうちの連中に任せてお店《たな》に上がりなせえ。大番頭さんが手薬煉《てぐすね》引いて待っておられますよ」

と喜多造に言われた小籐次は、駿太郎の手を引いて船着場から河岸道に上がった。

金六町と芝口一丁目を結んで芝口橋が御堀に架かっていた。その金六町の西の角に堂々たる店構えを見せる久慈屋では小僧の梅吉らが表の掃除をしていた。

日本橋を起点に五街道が各地に伸びていたため、この金六町の通りも東海道と呼べなくはない。だが、江戸の人々は品川の大木戸を出てようやく江戸を離れたと考えていた。だから東海道一番目の宿はその先の品川だ。つまり芝口付近は東海道筋であって東海道ではない。

大路は薄い黄色に染まっていた。このところからから天気が続き、埃《ほこり》や馬糞《ばふん》を巻きあげて空気が黄色に染まっていたのだ。

夕日が愛宕権現《あたごごんげん》辺りの向こうに沈んだばかりで、夕闇が迫る前、江戸の空を濁った血の色に染め上げようとしていた。

「ただ今戻りました」

小籐次が久慈屋の敷居を跨ぐと、帳場格子の中で帳簿を調べていた観右衛門と浩介が同時に顔を上げた。番頭の浩介はもうじき久慈屋の一人娘のおやえと所帯を持ち、いずれ久慈屋の主となる。

「深川の惣名主のお供で成田詣でですって」

「ご苦労にございました」

とそれぞれが小籐次を労った。二人ともただの成田山新勝寺詣でではなかろうという表情をしていた。

小籐次は御符を懐から出すと、

「浩介どの、土産を購う暇もなかった。新勝寺の貫首様から頂戴してきた御符でな、直筆じゃそうな。これをおやえどのに差し上げてくれぬか」

と差し出すと、

「赤目様が直《じか》にお渡し下さいまし。新勝寺の貫首様から頂戴した御符とあれば貴重なもの。おやえさんも喜ばれましょう」

浩介は受け取ろうとはしなかった。

「長屋に立ち戻り、なんとか湯屋に飛び込みたいで、今宵はこれにて失礼致す」

「赤目様、奥でも赤目様のお帰りをお待ちですよ。湯ならこの町内の湯に行かれたらどうです。そのほうがなんぼか確かだ」

と観右衛門にも勧められた。そこへおやえが姿を見せて、

「あら、駿太郎さんに赤目様」

と声を張り上げ、事情を知ると、

「赤目様、内湯が沸いております。旅の汗はうちの湯で洗い流して下さいな」

駿太郎を小籐次の手から引き取った。

「よいかのう、久慈屋さんの内湯に入るなんぞの贅沢をして」

と小籐次が迷った。

だが、おやえがさっさと駿太郎を奥に連れていったので、御符を手に小籐次も三和土《たたき》廊下から奥に向った。


「爺じい、気持ちがいい」

小籐次に体を洗い流された駿太郎が、総檜《そうひのき》の湯船に肩まで浸かって呟いた。

子供ながら成田詣でがただの物見遊山ではないと承知していたのか、駿太郎の顔にも疲れが見えた。

「駿太郎、よう頑張ったな」

小籐次が褒めた。

「がんばった」

と本人も自らを褒めた。

「駿太郎、もう少し体が大きくなったら、剣術の稽古《やっとう》を始めようぞ」

「爺じいがやっとうをおしえてくれるのか」

「そなたの父御の須藤平八郎どのは心地流免許の腕前。駿太郎も精進致さねばなるまいぞ」

「駿太郎、つよくなる」

小籐次も湯船に浸かり、どれどれと駿太郎の骨組みを手で確かめた。

「爺じいと違い、そなたの骨格はしっかりとして大きいわ。父御をこえる大きな体になろうぞ」

「ちちごをこえる」

と駿太郎は答えたが、父御が何者か、そして、その父を斃した相手が小籐次と理解するには、もう数年の歳月が要ろうと考えた。

そのとき、駿太郎が小籐次をどうとらえるか。血か絆《きずな》か、駿太郎が道を選ぶ日が必ずやくると、小籐次は覚悟した。そのときのために駿太郎にはしっかりと剣術を教え込む、と決心した。

「駿太郎さん、赤目様、着替えはここに置いておきますからね」

とおやえの声がして、

「恐縮にござる。ただ今上がるところじゃ」

と小籐次が応ずると、

「なら駿太郎さんをこちらに下さいな。着替えさせますからね」

とおやえが願った。

「駿太郎、そなたは幸せ者じゃな。どこに参っても女衆が面倒を見て下さる」

「あら、成田詣でにも女衆がいっしょだったの」

「三河蔦屋の大旦那どのは、重い病に罹っておられてな、最後の成田行きを決死の覚悟でなされたのじゃ。ためになにがあってもいいように、男衆と女衆が何人も同道なされた。駿太郎の面倒を若いおあきさんが見られてな、長屋暮らしを忘れはせぬかといささか案じておるところじゃ」

小籐次は湯船から駿太郎を上げて手拭《てぬぐ》いで体を拭い、

「おやえどの、お願い申す」

と脱衣場にやった。

「さあ、いらっしゃい、駿太郎さん」

とおやえの声がして、

「あら、駿太郎さんたら一段と大きくなったわね」

「爺じいがろとやっとうを教えてくれるぞ」

「そう、もう少し大きくなったら、しっかりと習うことね。なんたって赤目小籐次様は天下一の武芸者ですからね」

「爺じい、つよい」

「そうですとも。駿太郎さんの爺じいは強いお方よ」

着替えが終わったか、脱衣場から気配が消えた。

小籐次が久慈屋の奥に行くと、主の昌右衛門一家三人に大番頭の観右衛門、婿になる浩介がいて、すでに膳が並んでいた。駿太郎も一人前に膳をもらって、その前にちょこんと座していた。

「これはこれは、恐縮の至り」

「赤目様こそ三河蔦屋様に従い、成田山新勝寺に参られたのは、再来年の出開帳に関わることでしょうな」

大名諸家から大身《たいしん》旗本屋敷、さらには大店《おおだな》と多くの出入り先を持つ久慈屋の情報網は大したものだ。

「いかにもさようでした」

「染左衛門様が赤目様を同道なされたということは、厄介事を抱えておられたということにございましょう」

と大番頭の観右衛門が上手に水を向けた。

「大番頭さんや、まずは赤目様に好物を差し上げなければ、舌のすべりも悪うございましょう」

「いやそうでした」

湯あがりに大きな盃で二杯ほど飲むと、旅の疲れがゆるゆると霧散していくのが小籐次にも分った。

「まず染左衛門どのじゃが、重い病を抱えての道中でござってな、医師にはもはや数カ月の命と、だいぶ前に宣告されておったそうな」

と前置きして、突然染左衛門から成田山新勝寺詣での話を持ちかけられ、同意した結果、その場から旅に出る羽目になったことを告げた。

「すると瓢簞《ひょうたん》から駒《こま》が出ての、新勝寺参りでしたか」

「それがな、観右衛門どの。違うておったのじゃ」

小籐次は、染左衛門が考えに考え、練りに練った結果の成田山新勝寺詣でであったことを仔細《しさい》に告げた。

「なんと、三河蔦屋さんは金無垢の不動明王像を奉納することを考えておられたか」

と昌右衛門が応じた。

「自らの寿命を悟り、不動明王の開眼と寄進を最後の成田詣でで果たしたいと考えられたようです。一方で、なんとしても再来年の出開帳を邪《よこしま》な連中の手に委《ゆだ》ねたくないという思いがあって、決死の成田山新勝寺詣でになったと存じます」

頷いた昌右衛門が、

「赤目様、よいことをなされた」

と染左衛門に従った行動を認めてくれた。

「正直申して、成田行きに同意したとき、過日頂戴した二百両が念頭にござった。

あれがなくばおりょう様は望外川荘を容易く手に入れることはできなかった、との思いがあの場からの成田行きをお受けした理由にござった」

「あの二百両は、後継ぎの藤四郎さん一家三人の命を助けられたことのお礼です。いつまでも恩に着ることはございませんよ。まさか染左衛門様は赤目様の律儀さに二百両を……」

「観右衛門どの、そこまでの深慮遠謀ではありますまい。偶々それがしの顔を見ての思い付きにござろう。ともあれ成田詣でを果たした今、それがしは同道してよかったと思うております」

一同が頷き、小籐次が、

「なんぞ気の利いた土産なりと考えないわけではなかったが、三河蔦屋さんの三夜籠りに付き合うだけで暇もなかった。おやえどの、これは新勝寺貫首自ら書いた御符じゃ。お守りにして下され」

とおやえに差し出した。

「お忙しい身で土産までお考えとは、赤目様らしゅうございますな」

と昌右衛門が感心して、

「おやえ、貫首直筆の御符を持つ人など、滅多にいるものではありませんぞ。大事にしなされ」

と言うと、おやえは両手で小籐次から受け取り、押し戴《いただ》いた。

「なんとしても再来年のご本尊出開帳を見たいものですね」

「おやえ様、私は金無垢の不動明王像を拝見したいものです」

と観右衛門が応じた。

「私なら重い病を抱えて成田詣でができたろうかと、染左衛門様の不動様への篤《あつ》い信心に感じ入ります」

「旦那様、三河蔦屋様は、ひょっとしたら再来年の出開帳まで生きておられるのではありませんか」

「赤目様の病封じが効くような気が致します」

「昌右衛門どの、観右衛門どの、それがしが剣を振るったのは、染左衛門どのの燃え尽きようとする命の炎を掻き立てようとしただけにござる。それがしの剣にそのような霊験はございませんでな」

と小籐次が複雑な表情で答えて、おやえが小籐次の盃を満たした。

「おやえどのから酌をしてもらい、ようやく江戸に戻った気が致しましたぞ」

ともくず蟹の顔に笑みを浮かべて、盃に口を持っていくと、

「江戸に変わりはございませんか」

と問うた。

「赤目様、江戸は広うございますでな、変わりがあるところもございましょう。ですが、少なくともおりょう様はますますお元気にございましてな、ご安心下さいまし」

と観右衛門が小籐次の胸中を読んだように答えた。

「それは重畳《ちょうじょう》。明日にもうづどのとご機嫌伺いに出向くつもりです」

「なんでもおりょう様は近々望外川荘にて、俳諧でいう運座みたいな集まりを催されるおつもりのようで、張り切っておられます」

と観右衛門が言った。

運座とは膝回しともいい、一堂に会した俳人が句を詠み、秀句を互選する集まりで、ちょうどこの時期、文政期に流行り始めていた。歌壇にはそのような言い方はない。

「江戸歌壇への北村おりょう様のお披露目《ひろめ》になりますかな。赤目様の出番がまたありそうな」

と昌右衛門も盃を片手に応じた。

「旦那様、間違いございませんな」

と観右衛門が相槌を打った。

「いえ、そのような集いに無粋者がしゃしゃり出たのでは、おりょう様の体面を穢《けが》しかねぬ。それがしは遠慮したほうがようござろう」

「いえいえ。私はな、酔いどれ小籐次様ほど俳味のあるお顔をお持ちの方はなかろうと思います。絶対におりょう様から同席を願われますよ」

と観右衛門が言い切った。

男たちが勝手な話をしながらゆったりと酒を楽しむ傍らで、腹がくちくなった駿太郎が、瞼が合わさりそうな様子でこっくりこっくりし始めた。

「おやえどの、酒はこれくらいにして夕餉を馳走《ちそう》になります。駿太郎が今にも眠り込みそうですからな」

と願うと、盃を膳に置いた。


小籐次がどてらに包んだ駿太郎を足元に寝かせて、小舟を新兵衛長屋の裏庭に接する入堀の石垣に着けたのは五つ半過ぎのことだった。

長屋では灯りを消して寝入ったところもあったが、版木職人の勝五郎の腰高障子の向こうには灯りが点っていた。どうやら急ぎ仕事を頼まれたようで、版木を削る音が響いてきた。

だが、気配を感じたか版木を削る音が止み、腰高障子が開かれて勝五郎が顔を覗かせ、こちらを見た。

「ただ今、戻った」

「やっぱり酔いどれの旦那かえ」

勝五郎が出てきてどてらに包まれた駿太郎を受け取ってくれた。

「おきみが旦那んちの夜具を日中干しておいたが、あいつの勘があたったな」

「それは恐縮」

小籐次は桶に入れた道具類を石垣の上に上げ、小舟を舫って庭に這《は》い上がった。

「成田山新勝寺詣でだってな。三河蔦屋なら所帯は大きいや、だいぶ稼げたろう」

と勝五郎が訊いた。

「勝五郎どの、稼ぎに行ったわけではない。駿太郎と二人、染左衛門どのの招きで供をしただけじゃ」

「なにっ、十日近く仕事もせずに分限者に付き合って、一文も稼げずか。そりゃいささか酷《ひど》くはないか。明日から釜の蓋があくまいが」

長屋に入るとおきみが十能《じゅうのう》に炭を載せて持ってきて、お帰りと迎えてくれた。

「おきみさん、わがぼろ布団を干してもろうたそうな。今晩は気持ちよく眠れそうじゃ。お礼を申す」

「お礼もなにも、酔いどれの旦那ったら、成田行きで一文も稼いでないんだとよ」

勝五郎がまだそのことに拘《こだわ》っていた。

日中干したという布団に勝五郎が駿太郎を寝かせ、おきみが火鉢に十能の炭を入れて、炭を加えてふうふうと吹いた。そして、顔を上げると、

「おまえさんと違って、酔いどれ様は小銭なんぞ稼がないいんだよ。儲けるときにはどーんと稼ぐから、版木職人のおまえさんが案じることなどありゃしないよ」

「そうか」

「勝五郎どの、忙しそうではないか」

と道具を片付けた小籐次が問うた。

「酔いどれの旦那のいないのをいいことに、火付け押し込みが流行り始めてな。奉行所の旦那方や秀次親分が駆けまわっているが、神出鬼没。昨夜は板橋で押し

込みを働き、今晩は府内数カ所で火付けをするという具合で、だれ呼ぶともなく千里走り一味という異名まで奉られた」

「ほう、そのような悪党がな。血を流す輩か」

「板橋宿で押し込んだ家の主を怪我させて、嫁女を犯したそうな」

「外道働きではないか」

「ところが、別のところでは金だけそおっと盗んでいく手口でよ。奉行所でもすべてが千里走り一味の仕事ではないんじゃねえかという見方もあるそうで、ほら蔵さんの読売も歯切れが悪いや」

ほら蔵とは空蔵のあだ名で、勝五郎が仕事を頼まれる読売屋だ。

「酔いどれの旦那よ、成田行きじゃなんぞ読売のネタになるものは転がってなかったか」

「読売のネタな」

としばし考えた小籐次が、

「再来年、成田山新勝寺のご本尊出開帳が深川の永代寺にて行われるが、これはどうじゃ」

「再来年の話か。先が長いや」

「ならば、三河蔦屋の染左衛門どのが金無垢一貫目の不動明王像を寄進なさった話はどうじゃ」

「なんだって、金無垢一貫目だと。潰していくらだ」

勝五郎の問いはあけすけだった。

「何百両もするそうな。だが、それだけの価値ではないぞ。仏師が名のある名人でこの人の名が加わったゆえ、金の何倍もの価値があるそうじゃぞ」

「この話、もらった。ほら蔵の筆次第ではなかなかの読み物になるぜ」

と勝五郎が急に張り切り、

「よし、千里走り一味のかたをつけるか」

とそそくさと家に戻り、おきみも、

「お休み、酔いどれの旦那」

と言い残して消えた。

三

小籐次の小舟に駿太郎が乗り、うづの野菜舟の櫓を太郎吉が漕いでうづが野菜の間で休んでいる。そんな小舟が二艘連なって須崎村の望外川荘の船着場に舫われたのは昼前のことだ。

うづがあれこれと知恵を絞って集めた野菜を竹籠に詰め、背に担いだ。師走《しわす》に向う時期、青菜が採《と》れない時節だった。

四人連れだって裏口から屋敷に入ると、水野家からおりょうが連れてきたおしげが井戸端で幅広の刃物を研ごうとしていた。

「どうした、おしげさん」

おしげは四十そこそこの出戻りで、水野屋敷にこの七、八年奉公して三度の食事の仕度から洗濯、掃除となんでも独楽鼠《こまねずみ》のように働く女衆だった。水野家では独立するおりょうにおしげと、若い娘のあいを付けてくれた。あいは品川宿の大きな料理茶屋の娘で、おりょうの許に行儀見習いで勤めていた。

「おや、皆さん、揃っておいでかね」

「おりょう様はご多忙であろうな」

「酔いどれ様、今日はうづさん方が見えるで、蕎麦を打ちましょうと言われて、あいと一緒に朝から縁側で蕎麦打ちの仕度をなさっておられるよ」

「なに、おりょう様は蕎麦打ちをなさるか」

長い付き合いだが、おりょうが蕎麦を打つなど小籐次は知らなかった。そして、おしげが研ごうとしていた刃物は蕎麦切り包丁かと得心した。

「水野屋敷に蕎麦打ちが上手な中間さんがおられてな、三日に一度は蕎麦を打って食しただ。おりょう様も私らも中間さんの手伝いをしているうちに蕎麦打ちを覚えた口だ」

おしげは御殿山裏の百姓の出で口は悪いが人柄は申し分なく、おりょうが願っておしげを譲り受けたのだ。

「ほう、それは知らなんだ。おしげさん、その包丁、わしに貸しなされ」

「酔いどれ様が研いで下さるか。おりょう様が使われて、刃に偏りがあると言われたんだ。まだ下ろし立ての包丁じゃがな」

おしげが首を傾げた。その傍らではうづが野菜を籠の中から出していた。その中の干し椎茸《しいたけ》を見たおしげが、

「うづさん、この前もあれこれ貰ったが、まだあるだね。今日は野菜の天ぷらにしようと台所で下拵えがしてあるんだ」

「よし、まずはおりょう様に挨拶して、蕎麦打ちやら天ぷらを揚げるやらの手伝いをいたそうか」

屋敷をぐるりと回って小籐次らは望外川荘の縁側に出た。するとそこには毛氈《もうせん》が敷かれて蕎麦打ちの鉢が仕度され、おりょうが襷がけで粉をこねていた。

「おりょう様、勇ましいお姿にございますな」

「あら、赤目様に駿太郎様。いつ成田山から戻られました」

「昨日、深川に立ち戻り、うづどのに会うたで、本日はかく打ち揃い、屋敷に挨拶に参上致しました。邪魔ではなかったろうか」

「望外川荘は赤目様のお屋敷でもございます。なんの遠慮が要りましょう」

とおりょうが答えるとあいが脇から、

「おりょう様、私が蕎麦打ちを代わります」

と言い出した。

「お二人が加わられたので、もう一鉢蕎麦を打ちましょうか」

とおりょうが言いながらあいと代わり、

「手を洗って参ります」

と縁側から消えた。

「よし、手分けして蕎麦を仕上げようか」

うづはおしげを手伝い、天ぷらを揚げる掛りに決まった。太郎吉はおりょうの代わりにあいを助け、小籐次は蕎麦切り包丁を研ぎ直すことになって船着場に戻り、商売道具の砥石を持ってきて、縁側前の庭に研ぎ場を拵えた。そこへおりょうが戻ってきて、

「どれどれ、駿太郎様を抱かせて下され。大きくなられたように見えます」

と駿太郎を抱き上げた。

「おお、これはなかなかの重さ。大きくなられたら偉丈夫になられましょう」

「駿太郎は、爺じいにろとやっとうを習う」

「赤目様に櫓の漕ぎ方と剣術を習われますか。師匠がよいゆえ、直ぐに上手になられますよ」

「駿太郎、つよくなる」

「きっとお強いお武家様になられます」

小籐次は二人の会話を聞きながら、まだ真新しい蕎麦切り包丁の刃を仔細に検《しら》べた。

「おりょう様。この包丁、どちらで購われましたかな」

「私が水野屋敷を辞去する折り、皆さんが蕎麦道具一式を贈って下さいました。その中の品です」

「包丁の仕上げがいささか乱暴じゃな。それがしが研ぎ直しを致しましょう」

冬の陽射しがあたる望外川荘の庭で、小籐次は一心不乱に蕎麦切り包丁の偏りを研ぎ直した。

「これでよかろう」

と研ぎ上げた包丁を日に翳して調べた。縁側では棒を使い、蕎麦がのばされていた。のばしているのは太郎吉だ。

「おや、そなたも蕎麦打ちが得意か」

「餓鬼の時分から竹藪蕎麦に出入りして、見よう見まねで覚えたってやつよ。縞太郎といたずらで蕎麦打ちを競い合ったもんだぜ」

縞太郎は竹藪蕎麦の倅で、今や美造親方を助けて本職の蕎麦打ちだ。

「竹藪蕎麦のいたずらでそれまでになるか」

「なにしろ、美造親方が倅の縞太郎を後継ぎにしたいてんで、おれにも厳しく教えてくれたからな、まあ、おれのほうは素人に毛の生えた程度だがよ」

と言いながらもなかなかの腕前だ。おりょうも、

「これでは私の出番はございませんね」

と太郎吉の手付きに見とれていた。

「赤目様、成田行きは深川惣名主三河蔦屋の大旦那様に請われてのことと太郎吉さんに聞きましたが、だいぶ日にちが延びましたね」

「染左衛門どのは金無垢の不動明王像を新勝寺に寄進するために参られたのですが、開眼のために三夜籠りをなされましたで、かような日にちがかかりました」

と小籐次は再来年の成田山ご本尊出開帳など、差しさわりのないところで話を聞かせた。

「おや、永代寺で出開帳が催されますか」

「江戸の引き受け側の総頭取が三河蔦屋の染左衛門どのなのでござる」

と小籐次が答えるとうづが、

「あの界隈じゃ、大旦那様は重い病に取りつかれているって噂が流れているわ。この時節にお籠りなんて無茶よ」

「なにっ、そのような噂が流れておるのか」

「真の話なのか、酔いどれ様」

と太郎吉が問うた。

「やはり隠しきれなかったか」

と小籐次が成田での様子をざっと話した。

「命をかけての成田山新勝寺詣ででしたか」

「おりょう様、それがし、事情を知らずに従うたゆえ、いささか驚きました」

「でございましょう」

とおりょうが気の毒なという顔を見せ、太郎吉が、

「酔いどれ様が自慢の剣でよ、病退治をしたのか」

「それがしは医師ではないからな。一時《いっとき》、体に残った力を必死で燃やされる手伝いをしただけだ」

「そうだよな。酔いどれ様の剣で病が治るなら、新兵衛長屋に病人が長い列をつくるぜ」

「そのようなことがあってはならぬ」

小籐次は妙な噂が流れてはと困惑の顔を見せた。

「むろん私どもは赤目様がそのようなお方ではないことを重々承知です。ですが、なんとなく、三河蔦屋様は再来年の出開帳が無事に済むまでお元気でいらっしゃるような気が致します」

おりょうが言った。

蕎麦をのばし終わった太郎吉が小籐次の研ぎ上げた包丁で器用に切り、おしげ

ら女衆と太郎吉が台所で蕎麦を茹《ゆ》でることになった。それを見物に駿太郎も行さ、縁側には小籐次とおりょうだけになった。

　小籐次は御符を差し出した。

「そのような事情で、成田山の門前町で土産を求める暇もございませんでした。新勝寺の貫首が自ら筆をとった御符にございます」

「赤目様、なによりのもの。赤目小籐次様と思うて身につけます」

　とおりょうが小籐次の気持ちを受け取ってくれた。

「私は、赤目様が三河蔦屋様からの申し出をその場でお受けになり、成田山新勝寺に行かれた理由を承知しております。過日、倅様ご一家が本家の悪巧みに落ちたとき、助けられたのが赤目様。その赤目様に三河蔦屋様が二百両を贈ってお礼をなさいました」

「おりょう様、ようご存じじゃ」

　観右衛門の口から伝えられたなと小籐次は推測した。

「その二百両を赤目様がお受けなされたのは、この望外川荘を購う元手と思うてのこと。ために成田行きの頼みに即答なされたのでございましょう」

「おりょう様、そう理詰めで考えられては世の中面白うござるまい。それがし、どこか染左衛門どのの人柄に惹《ひ》かれてお受けしたのでござる」

「望外川荘の費えにあてるためではないと、ひいては私のためではないと言われますか」

「いえ、それは」

「赤目様は私のためにお引き受け下さったのです。そう、りょうは思いとうございます」

つるり
と小籐次は顔を撫で、話柄《わへい》を転じた。

「おりょう様、初めての集まりを催されるそうな。久慈屋の大番頭どのから聞きました」

ふっふっふ
とおりょうが笑みを洩らし、

「赤目様はりょうのこととなると直ぐにお逃げになる」

と言った。

「そうではござらぬ」

「そうお聞き致しましょうか」

と応じたおりょうが、

「赤目様にご相談申してからと迷いましたが、気持ちが逸《はや》ってしまいました。須崎村に引っ越した挨拶代わりにと思い、江戸の主だった歌人に望外川荘での和歌合わせの催しの文をお出し致しました」

「それがしのことは斟酌《しんしゃく》無用にございますぞ、おりょう様」

「いつもながらの心のひろいお言葉、返す言葉もございません」

「和歌合わせには何人ほどお集まりですか」

「まずは十五、六人の主宰者に文を書きましたところ、それを洩れ聞いたお仲間がぜひと申されて、倍の三十人ほどになりましょうか」

「それは賑やかなことじゃ」

「いえ、大半が興味で顔を出される方々ですよ」

「興味と申されると」

「女一人でなにができるものか、と考えておられるのです。平安の御世《みよ》から紫式部、清少納言と、文人歌人に女人《にょにん》が名を連ねておられるのは不思議ではございません。ですが、武家の徳川様の世になったとき、男の方があらゆるものを牛耳られ、女が活躍する場がなくなりました」

おりょうは、自らの行動は江戸歌壇に風穴をあけるものだと主張していた。

「嫌がらせをなさるお方も出てきますかな」

「波風が立つのは最初から覚悟の前にございます。ですが、私の行動を真から支えてくれるお方も何人かおられます」

おりょうの脳裏に嫌がらせをする人物が浮かんでいる表情であった。だが、おりょうがそれ以上のことを言わないかぎり小籐次も胸に留《とど》めておくしかない。

「それは心強うござるな」

「どのような集まりも、女がしゃしゃり出たときは、あれこれ言われるものです。あまりひどいようなら、加賀の俳人千代女《ちよじょ》様のように、歌を独りで詠む暮らしに戻ればよいことです」

「おりょう様は、御歌学者北村家の血筋として、女性《にょしょう》に歌壇の門戸を広げたいと考えておられるわけですな」

と念を押した。

「それほど大それたことは考えておりませんが、今少し女の詠み手が出てきてもよいのかなと思います」

「旗揚げしたからには大いに頑張って下され。なんの力にもなれぬが、赤目小籐次、陰ながら応援致します」

「そのお言葉、百万の援軍を得たようです」

とおりょうがほほ笑み、

「私が主宰する集まりの名は芽柳《めやなぎ》と致しました」

「芽柳、か。春の息吹が感じられるよい名にござる」

望外川荘の周りには実生《みしょう》から育ったのであろう柳の木が無数に生えていた。おりょうはそんな柳の風情からこの名を思いついたか。

「お待たせしました」

と太郎吉を先頭に女衆が、大きな竹笊《たけざる》に盛った蕎麦や野菜の天ぷらや薬味やつゆを運んできた。

「おお、これは美味しそうに打ち上がりましたな」

庭が見える座敷に昼餉の座が設《しつら》えられた。おしげが最後に二合徳利で酒まで運んできた。

「おりょう様、下男の百助さんを誘ったが、おりゃ、座敷で主様と蕎麦を食っても食った気がしねえ、と断わられたよ」

と苦笑いで報告し、小籐次の前に徳利と盃を載せた折敷膳《おしきぜん》を置いた。

「なに、それがしだけ、酒がつくのか。これは恐縮千万。昼ゆえ好意だけ頂戴しよう」

と小籐次は断わった。

「成田山新勝寺詣でで、大変な気苦労をなさった赤目様への慰撫《いぶ》の気持ちでございます。私どもに遠慮なさらずお飲み下さい」

とおりょうに勧められて、

「そうかのう。それにかように仕度された酒を断わるのも失礼千万。ならばおりょう様、それがし、酒を頂戴してようございますか」

「打ち立ての蕎麦と冷酒は、なんとも絶妙な取り合わせとか。赤目様の飲みっぷりを、久しぶりに私に見せて下さいまし」

と懇願されて小籐次は相好《そうごう》を崩した。

二合徳利に手を伸ばそうとした小籐次の前におりょうの手が出て、

「一杯目は私に酌をさせて下さい」

と徳利を差し出された小籐次は、

「これはなんとも恐縮至極」

と大ぶりの盃を緊張の面持《おもも》ちで差し出した。

とくとくとく
と二合徳利から酒が注がれて、

「ふーむ、これは極楽浄土にいるような」

と小籐次はさらに表情を崩し、盛りあがった酒精の輝きを満面の笑みで見詰めた。

「頂戴致す」

一杯目をゆっくりと口に含んだ。

「うーむ、なんともいえぬ酒の味じゃ」

と応じた小籐次の顔は、もくず蟹が大黒様に変わったようだった。その顔をおりょうも満足そうに見返し、

「ささ、私どもは太郎吉さんお手伝いの蕎麦を頂戴しましょうか」

と蕎麦を食しにかかった。

「これは私どもが打つ蕎麦とは格段に違いますよ」

「どれどれ」

とおしげが一口啜り、

「いかにも、水野家の風味と違ってるね」

「やはり男衆の手にかかったほうが蕎麦は美味しいのでしょうか」

とおりょうが複雑な面持ちで太郎吉に礼を言った。

「おりょう様、礼なら竹藪蕎麦の親方に言ってくんな。悪さ盛りの縞太郎とおれを長い目で見てよ、なんとか大人の仲間入りをさせてくれたのは、親方の蕎麦を打ちながらの小言があったからだ」

「太郎吉さんの蕎麦には親方様の小言が味付けに入っておりますか」

「それが深川近辺の子の育て方なんですよ。どこの子供もねえ、悪さをすればどこの親でもが叱《しか》ってくれるんです」

「なんとも大らかなことですね。歌壇もそうあればよいのですが」

とおりょうが催しを気にしてか、言った。だが、直ぐに、

「あら、そのようなことを考えておりますと、折角の蕎麦の味が落ちます」

と蕎麦に戻った。

小籐次も二杯目の酒を胃の腑に流して、蕎麦をまずつゆに付けずに口にした。

ふわり
と打ち立ての蕎麦の風味が口の中に広がった。

「爺じい、おいしいか」

「駿太郎、もくず蟹の頰べたが落ちるほど美味いわ」

「酒とどっちがうまいか」

「駿太郎、無理なことを申すでない。蕎麦あっての酒、酒あっての蕎麦じゃぞ。このことがそなたに分るには、あと二十年、いや、三十年かかろうぞ」

という小籐次の声が望外川荘に長閑《のどか》に響いた。

四

小籐次一行は、望外川荘を八つの刻限に辞することになった。その前に小籐次は、屋敷の持ち主だった直参旗本三千百五十石の秋本信濃守《しなののかみ》順道時代からの下男百助の小屋を訪ねた。望外川荘の男衆は百助だけだ。なにか異変はないかと尋ねるためだった。

「赤目様、久しぶりじゃな」

目を瞬《しばた》かせながら百助が嬉しそうな顔をした。

先代の秋本順道の邪な考えに対して百助は、新しい主の北村おりょうに忠義を尽くすことを約して、その代わりに今までどおりこの屋敷で奉公を続けてよいことになった。すべて小籐次がお膳立てしたことだ。だから、百助は小籐次にもおりょうにも感謝していたし、恩義を感じていた。

「百助さんや、変わりはないか」

「わっしに変わりはねえ。だども」

「どうしたな」

「秋本の若様が屋敷に見えただ」

「なに、おりょう様はなにも申されなかったぞ」

「そりゃ、そうだ。おりょう様は知らないだ」

「どういうことか、百助さん」

「今からつい三、四日前のことだ。わっしが船着場の橋板を修理していると船がやってきて、船に家来を残して若様だけが船着場に下りてこられただ」

「ほう、それで……」


十四歳の秋本家の嫡男順信の手に数珠と線香があった。百助がぺこりと頭を下げると、

「百助、未だこの屋敷に奉公しておるか」

と尋ねられた。はい、と顔を伏せて答える百助に順信の言葉は予想もしないものだった。

「父が迷惑をかけた。この屋敷の新しい主どのにも詫《わ》びたいが、未だ秋本家は父の喪も明けず謹慎の身である。時をおきたい。百助、父が亡くなった場所にて線香を手向《たむ》けたいが許してくれぬか」

と丁重な挨拶だった。

「若様、殿様が亡くなられたのは、ただ今は不酔庵《ふすいあん》と名付けられた茶室の前にございますだ」

「ならばこの竹林の中から茶室を拝して線香を手向ける」

船着場から望外川荘の敷地だ。本来ならばおりょうに断わらねばならなかったが、順信の気持ちを思うと、百助はただ頷くしかなかった。十四歳の順信もまた、ただ今の主の北村おりょうの気持ちを察して礼儀に適《かな》った作法で亡父を追慕しようとした。

「……順信様はしばらく独りで不酔庵に向って手を合わせていかれただ。わっしは、おりょう様にこのことを言うてねえ。若様は必ずや近い日にお詫びに参られると思うてな」

「若様はおりょう様に詫びたいと申されたのだな」

「へえ、はっきりと。頬が削げ落ちて、大人びた顔になられていただ」

「父御と違い、若様は聡明なお方のようじゃな」

秋本順道が抱え屋敷を手放さねばならなかったのは、自らのふしだらな生き方が招いた結果だ。ところが抱え屋敷を売りに出した後も異常な執着を持ち、石動《いするぎ》用人に命じて望外川荘に火を放って焼失させようと企んだのだ。

そのことを知った小籐次は、火付けにやってきた主と用人を始末し、伴ってきた家来に、主病死の届けと嫡男順信の相続の届けを目付に提出せよと厳しい口調で伝えた。

小籐次が老中青山忠裕《ただやす》の密偵中田新八とおしんを仲介してその主に根回ししていたから、家来たちも小籐次の言葉に従わざるを得なかった。旗本秋本家の所業はあまりにも世間に知れ渡っていたし、幕閣もその事実を摑んでいたため即座に沙汰が下った。

倅順信のこの行動は、秋本家の嫡男相続が公儀に認められたことを意味し、父の喪が明けた暁に北村おりょうへ謝罪をしたいとの気持ちの表れと思えた。

「まずはよかった」

小籐次は自らの行動が大身旗本秋本家を救ったことを素直に喜んだ。

「百助さんや、おりょう様は近々歌合わせをこの望外川荘で催されるそうじゃ。三十人ほどの歌人や宗匠方が集まることになる。よろしく頼む」

「なに、大勢の人が来るだか。わっし一人で捌けるかのう。他にはおしげさんとあいさんしかいないだよ」

「その日は北村家から手伝いが見えよう。侍と違い、風雅な心得がある方々、そう無理は申されまい」

ふーん、と百助が唸った。

「なんぞ心配か」

「どこで知ったか、このところ何人かおりょう様の弟子になりたいという方々が見えるだよ」

「それは幸先《さいさき》がよいな」

「ところが、北村本家や水野家の添え状を持って門弟になりたいと願われる人ばかりではないだ。中にはいきなり門前に立って、おりょう様に会わせろと強引に屋敷に入ってこようという者もいるだ」

「なにっ、そのような者がな。おりょう様には伝えたか」

「伝えただ。ただ、今のところきちんとした添え状のある方だけにお目に掛かりたいと言われただ」

「それが賢明な策だな」

「赤目様、そんな門弟志願の中に目付きの悪い男がいてな。昨日の夕方も姿を見せて門前をうろうろしていただ。今晩にも押し入ってこねえかと、案じているところだ。ありゃ、腹に一物ある輩だよ」

「歌を詠まれる方であろう。乱暴などなさるまい」

「それがな、どこか物に憑《つ》かれたような目付きで、ありゃ尋常じゃねえ」

「いささか案じられるな」

「赤目様、小屋に泊まってもらえねえか」

と百助が願った。

「よし。おりょう様はその人物のことを承知か」

「おりょう様には伝えたから承知だ」

「おりょう様の知らぬ人物じゃな」

「知り合いなんぞであるものか。なんでも室町《むろまち》の薬種問屋の倅とか。身を持ち崩して歌の道に入ったと当人は言っておったがな」

「おりょう様にお尋ねして策を考えようか」

小籐次が百助の小屋を出ると、すでにうづたちは船着場にいて、おりょうとあいが見送りに出ていた。小籐次はおりょうを少し離れた場所に呼んだ。

「おりょう様、いささか気になることを百助さんから聞き申した」

「室町の薬種問屋の倅季之輔様、季秀と号している方ですね」

「名までご存じでしたか」

「面識はございません。百助さんに聞いてお歌仲間に問い合わせたところ、あれこれと分りました。室町の薬種問屋伊吹屋の後継ぎだったのは真です。されどあまりにも身持ちが悪く、親戚一同が集まって当人に勘当を申し渡し、伊吹屋ではご次男がすでに店の六代目に就いたそうです。当人は和歌の道で身を立てると広言しているようです」

「和歌の道というてもそう簡単ではございますまい。季之輔に才はございますので」

「それが七、八歳から梅桜派の主宰者守村季炎様に師事して才を見せ、末恐ろしき才人かなと評判になった人物にございますとか。ところが才に溺《おぼ》れて師に楯突《たてつ》き、その結果、師を代えて江戸じゅうの一派を渡り歩き、一時は茶名田櫟洛様の娘御と手に手を取って上方に逃れたこともあるそうな。ただ今は、神童も長ずればただの凡人と仲間に蔑まれているとか、あちらこちらから知らせて参りました」

「それは大変な人物かな。そのような男が望外川荘の周りをうろつくのは剣呑《けんのん》です」

「どうしたものでしょう」

おりょうが小籐次を見た。

「真昼間から望外川荘に押し入ることはございますまい。当分、それがしが百助さんの小屋で不寝番をいたそう」

「ならばこのままお残りなさいませぬか」

「いや、そのような人物なら、ただ今もどこからか望外川荘を見張っておるやもしれませぬ。相手を油断させるためにも、われらは一旦船着場を離れたほうがよろしかろう。駒形堂に舟を着け、備前屋《びぜんや》の親方のところで研ぎ仕事をしながら時を見計らいましょう」

と言い残すとおりょうが、

「駿太郎様と一緒に戻ってこられませ」

と願った。

うづの野菜舟と小籐次の小舟は舳先を並べて隅田川を下り、吾妻橋《あずまばし》を潜ったところで、

「またね、駿太郎さん」

「さようなら、うづ姉ちゃん」

と別れの挨拶を交わして二艘は川の両岸に分れた。


小籐次が備前屋梅五郎の店に砥石を入れた桶を片手に、駿太郎の手を引いて姿を見せたのは、八つ半前の頃合いだ。

「おや、赤目様、えらく無沙汰をしていたと思ったら奇妙な刻限に姿を見せられたな」

「無沙汰をしたにはいささか事情があってな」

道具を土間に置いた小籐次が神太郎や職人衆に時候の挨拶をした。

金竜山浅草寺《せんそうじ》御用達の備前屋は師走前の暇の時節か、仕事場になんとなく長閑な空気が漂っていた。

「深川の惣名主三河蔦屋の染左衛門どのの供で、成田山新勝寺に詣でてきたのでござる」

ここでも一頻《ひとしき》り成田行きの顚末《てんまつ》を語り聞かせた。

「そりゃ、いいことをなさったな。そうか、永代寺で再来年ご本尊出開帳が開かれるか。うちも永代寺の関わりの寺が何軒か得意様だ。神太郎、そのことを気にしていなきゃあならないぜ」

隠居の梅五郎が神太郎に言った。

「お義父《とっ》つぁん、おさおさ手抜かりはございませんよ。盆暮れにはちゃんと挨拶して、今年の暮れも畳替えの約束を貰ってございます」

嫁のおふさが奥から顔を覗かせて言った。茶菓を手にしているところをみると、小籐次と駿太郎の訪問に気付いていたようだ。

「駿太郎さん、奥にお出《い》でな。うちの坊主も待ってるよ」

おふさが駿太郎を奥へと連れていった。

「そうか。そうなりゃあ、おれが口出しすることもねえか」

といささか寂しそうな口調の梅五郎が、

「どこぞの帰りかね」

と再び小籐次に話を向けた。

「昨日江戸に戻ったでな。望外川荘に挨拶に赴き、蕎麦を馳走になってきたところじゃ」

「おりょう様もお元気だろうな」

「近々和歌合わせを望外川荘で催されるとかで、江戸の歌人らが顔を揃えるそうな。江戸で北村おりょう様が主宰の芽柳派旗揚げじゃな」

「芽柳か。春先の万物が萌《も》えいずる気配を感じてよいな。ただしおりょう様という名がよくねえ」

と梅五郎が言い切った。

「なに、名がよくないか。親から貰うた名は替えられまい」

煙管を手に首を捻った梅五郎が、

「おりょうと、かな文字が弱いな」

と言い出した。

「ご隠居、北村おりょう、悪くはないと思うがな」

「赤目様だって、酔いどれ様の異名があらあ。俳人歌人の宗匠は、なんとなくえらそうな名を看板に掲げているぜ」

「そうか、おりょうでは弱いか」

二人の年寄りが茶を喫しながら話し合うのを、神太郎らがにやにや笑いながら見ていた。

「赤目様、親父、お二人が案ずる話じゃねえと思うがね」

と神太郎が笑った。

「そうであったな。賢いおりょう様のことだ、なんぞ考えておられよう」

小籐次は路地を望む店先に研ぎ場を設けて研ぎ仕事を始めた。


望外川荘の船着場に小籐次一人が戻ってきたのは、五つの時鐘が浅草寺で打ち出され、川面《かわも》を渡ってきた刻限だった。

研ぎ仕事を始めてみると、長いこと無沙汰をしていたせいで備前屋だけでも手に余るほどの道具があり、なかなか区切りがつかなかった。ために夕餉まで馳走になっていると、箸《はし》を持ったまま駿太郎がこっくりこっくりと眠り込み、駿太郎は備前屋に泊まることになった。

小籐次は明朝戻ってくることを約して、急ぎ大川を横切って須崎村に立ち戻った。すると船着場から少し外れた岸辺に猪牙舟《ちょきぶね》が舫われていた。この界隈には御寮や別邸が点在していたから、猪牙舟が止まっていても不思議ではない。だが、小籐次は胸騒ぎがした。

舫い綱を打つと破れ笠をかぶり、腰に備中次直《びっちゅうつぐなお》を差し落とした。

船着場からなだらかに上がる竹林を小籐次が抜けると、霜月十六夜《いざよい》の月が望外川荘を蒼く照らし出していた。そして、縁側の雨戸も座敷の障子も開け放たれて、縁側におりょうと一人の男が対座していた。その奥の座敷では四、五人の男たちが無作法にも胡坐《あぐら》をかいて酒を飲んでいた。

おりょうの背に隠れるようにあいが震えているのが小籐次に見えた。

「姉さん、酒が切れた。お代わりだ」

奥座敷の男の一人が喚《わめ》いた。

「うちは煮売り酒屋ではございません。お引き取り願いましょう」

おりょうが凜とした声音で命じた。

「北村おりょう様、夜は長《なご》うございますよ。ゆっくりと十六夜を愛でながら和歌談義でも致しましょうか。女一人で一派を立てるのはなかなか難しゅうございますでな。及ばずながらこの季秀がお手伝いさせてもらいますよ」

「最前から何度もお断わり致しました。お帰り下さい」

「そうつんけんしなくてもいいじゃございませんか。このおれとおまえさんが組むのは悪い話じゃないんだからな」

男の言葉が段々と崩れていった。このところ望外川荘の周りに姿を見せるという薬種問屋の勘当された倅、季之輔だろう。

「神童も長ずればただの凡人とどなたかが申された由。されど凡人にいささか悪うございますな。ただの破落戸《ごろつき》に成り下がられましたか」

「号を破落戸と改めよと言われますかい、北村おりょう様よ。ちいとばかり美形の上に歌が詠めるからと周りがちやほやするのは、一時のことだ。その道理が分らないかね」

「そなた様は身をもって経験なされましたな。落ちるところまで落ちた後は小伝《こでん》馬町《まちょう》の牢屋敷がお似合いにございましょう」

「言ってくれるね、おりょう様。女三人と下男の爺一人。住むにはいささか広過ぎらあ。おれたちの塒に当分借り受けるぜ」

「この家の主様がお戻りになります。それまでに立ち退きなされ」

「主様たあ、だれだえ」

「赤目小籐次様にございます」

「おりょう様、おまえさんの目はおかしかないかえ。あんな爺侍のどこがよい」

「そなた様は結局、歌の心がお分りにならなかったのでございますね。哀れなお方じゃ」

「歌は外面を詠むものじゃねえ、心の内を詠むものだなんて講釈は、そこいらの歌人もどきに任せておきな。万物の真理は外面の美醜よ。おまえさんがちやほやされるのもその顔立ちがあればこそ」

おりょうが膝からなにかを取り上げ、口に添えた。

得意の竜笛《りゅうてき》だ。

きゅーん
おりょうが吹く竜笛の調べが一声高く天に突き抜け、十六夜の月明かりに浮かんだ望外川荘に響き渡った。

小籐次が静かに歩み寄り、破れ笠から竹とんぼを抜くと指の間で捻り上げた。

一瞬高鳴った調べが悲しげな調べに変わり、その調べに乗ったように竹とんぼが庭を低く飛翔して、縁側の手前で一気に高度を上げると季之輔の片眼を抉《えぐ》って奥座敷に飛んでいった。

ぎえぇっ！

季之輔が片眼を押さえて縁側に立ち上がった。奥座敷でも竹とんぼの襲来に二人ほどが手や頬を切られていた。

「だれだ」

座敷の一人が懐から匕首《あいくち》を抜いて縁側から庭に飛び降りた。その男の鳩尾に鞘ごと抜かれた次直の鐺《こじり》が突き込まれ、一瞬にして気絶した。

「赤目小籐次、参上！」

と静かに告げた小籐次の姿が座敷の行灯《あんどん》の光に浮かんだ。

「破落戸季之輔、今宵は片眼を失うただけに留めるか。それともいっそ地獄にまで送ってしんぜようか」

と小籐次が言い足すと、
あああ！

と叫んだ季之輔の仲間どもがまず座敷から逃げ出し、最後に季之輔が縁側から庭に飛び降りた。

「季之輔、これ以上おりょう様に付きまとうならば、赤目小籐次容赦はせぬ。相分ったか」

がくがくと頷いた季之輔が船着場へとよたよた逃げ出した。

おりょうの竜笛が止んだ。

小籐次は庭に気絶して倒れる男に活を入れて息を吹き返させ、

「行け」

と命じた。きょろきょろしていた男が小籐次の顔を見ると、わあっと叫びながら脱兎《だつと》の如《ごと》くに逃げ去った。

「あい、おしげ、赤目様に酒《ささ》の用意を」

おりょうの晴れやかな声が望外川荘に流れた。

第五章　波津造の妄念

一

冬の夕暮れ前、小籐次は芝口新町、新兵衛長屋の裏手の石垣に小舟を寄せた。むろん駿太郎も一緒だ。七つ半前の刻限、日は残っていた。

「あら、駿太郎ちゃん」

お夕が、長屋の戸口の前から小籐次の帰りを見付けて叫んだ。小籐次と駿太郎が昨晩長屋に戻らなかったことを案じたお夕は、確かめに来た様子だった。

「ゆう姉ちゃん」

駿太郎が叫んで、小舟に立ち上がった。

「待て待て」

　体は大きくなったが、小舟から長屋の庭に一人で這い上がる力はない。小籐次が抱えて、ひょいと持ち上げた。

「駿太郎ちゃん、成田から戻ったと思ったら、また長屋をあけてどうしていたのよ」

　お夕が駿太郎を抱き上げながら訊いた。

「お夕ちゃん、心配させて相すまぬ。あれこれあってな、昨夜は望外川荘に泊まった」

　小籐次が答えて貧乏徳利とお重の包みを小舟から持ち上げた。

「なんだって、おりょう様の屋敷に泊まったって」

　版木職人の勝五郎が口を尖らせて会話に入ってきた。

「勝五郎どのか、留守をしてすまぬ」

「足袋《たび》問屋の番頭さんがよ、道具が溜まっているのだが、酔いどれ様はどこにいると聞きにきたぜ」

「菊蔵さんが来られたか。こちらにも不義理をしておるな。成田行きが祟《たた》ってあちらでもこちらでもお叱りを受ける」

「お得意様を大事にしねえと、いくら酔いどれ様といえども出入りを止められるぜ。分っているのかえ。それをなんだ、いけしゃあしゃあと、おりょう様のところに泊まっただと」

「勝五郎どの、勘違いを致すでない。泊まるには泊まる曰くがあるのだ」

「曰くとはなんだ」

「おまえさん、酔いどれの旦那と駿太郎ちゃんは戻ってきたばかりなんだよ。そうせっつくもんじゃないよ」

おきみが会話に加わった。

「酔いどれの旦那、ならばその徳利と包みをこっちに寄こしねえ」

勝五郎が小籐次の手から、備前屋のおふさが持たせてくれたお重と徳利を取り上げた。

「望外川荘からの貰いものか」

「早とちりを致すでないと申したろう。備前屋の心遣いじゃ」

望外川荘で一夜を過ごした小籐次は、おりょうらに迷惑をかけぬように七つ半の頃合い、船着場に向った。

望外川荘の庭から竹林、そして、船着場のある湧水池の辺りまで濃い靄《もや》が覆っていた。その先の隅田川がどうなっているか、視界は閉ざされて見えなかった。

小籐次が小舟の舫い綱を解こうとすると、

「挨拶もなしに立ち去られますか」

と声がした。小籐次が驚いて振り向くと、おりょうが綿入れを両手に抱えて立っていた。

「いささか早うございますでな。失礼を致しました」

「ほんに駿太郎様の父御はつれないお方ですね」

おりょうが言いながら、真新しい綿入れを小籐次に差し出した。

「これから冬が本式に参ります。綿入れを縫いました。お使い下さい」

「おりょう様がお縫いになられたか。なんとも有難いことにござる」

と小籐次が押し戴くとおりょうが、

「なぜ私を避けられますな」

と詰問した。

「避けるなどとは滅相もない」

「赤目様はりょうの大事なお方。昨夜、百助の小屋にお泊まりとは、つれのうございます」

とおりょうが小籐次の胸に寄り添った。濃い靄がおりょうを大胆にしていた。

「忍ぶ恋とは切ないものです」

小籐次の鼻腔《びこう》におりょうの芳《かぐわ》しい匂いが感じられたと思ったら、唇が小籐次のそれに押し付けられた。おりょうの腕が小籐次の背に回されて、強く抱きしめられた。

「この次はりょうの寝床《しとね》に忍んできて下さいまし」

「江戸の歌壇に打って出られる北村おりょう様の名が穢れます」

「赤目様と一緒に過ごせるなら、歌の道に進まなくともようございます」

「おりょう様、そなた様の才はだれもが認めるところ。どうか御身と御名を大切になさって下され。それがしはそっと陰からおりょう様のご出世を眺めていとうござるでな」

おりょうの唇が今一度押し付けられて、すうっと小籐次の体から離れた。その瞬間、小籐次もまた無性に切なさを感じて、おりょうに手を差し伸べる誘惑に駆られた。

「須崎村でなにがあったんだ」

勝五郎が小籐次を夕餉に呼んで問い質《ただ》した。駿太郎も勝五郎の一人息子の保吉も、お夕に連れられて新兵衛の、いや、桂三郎とお麻の家に行っていた。

「その前に一杯いかぬか。下り酒の新酒じゃそうな。美酒であろう」


明け六つ、備前屋の表戸が開いた途端に小籐次が店の前に立っており、職人の丹次が、

「酔いどれ様、川向こうの屋敷から追い出されましたか」

とにやにや笑ったほどだ。

「成田行きで得意先に迷惑をかけたでな。朝から夕刻まで目一杯働く所存じゃ」

宣言どおり、六つ半の刻限から七つまでたっぷり一日を、備前屋の土間の研ぎ場に座って仕事に精を出した。溜まりに溜まっていた備前屋の道具の手入れがほぼ終わった。だが、界隈の長屋のおかみさんの研ぎはまだ終わっていない。それに包丁鍛冶《かじ》の名人鍛冶正が、小籐次に研いでもらいたい道具があると備前屋を訪ねてきたそうな。

「明日も駒形堂に舟を着けるんだぜ」

梅五郎にきつく言われて、道具は備前屋に残したまま新兵衛長屋に戻ったのだ。

「酒でよ、ごまかそうたってそうはいかないぜ」

小籐次が勝五郎の茶碗に貧乏徳利から酒を注いだ。すると新酒の香りがぷーんと勝五郎の部屋に漂った。

「おおっ、うちが買う村覚《むらさ》めとえらい違いだぜ。さすが、金竜山浅草寺御用達の畳屋はおごっているな」

と言いながら、茶碗酒に口をつけた。

小籐次も独酌で茶碗に酒を注ぎ、

「おきみさん、家族水入らずの夕餉に爺が割り込んですまぬな」

と視線を勝五郎から、台所で酒の肴《さかな》の仕度をするおきみに向けた。

「なあに、酒と肴を持ち込みの客だもの。手間なしだよ」

おふさが持たせてくれたお重の蓋を開いたおきみが、

「あれまあ、備前屋さんのお重はまるで花見のご馳走だよ。この慈姑《くわい》の煮物の美味しそうなこと」

と感嘆した。

「あったりまえだ。裏長屋の住人と江戸でも名代《なだい》の畳屋の食い物が同じなもんか」

　おきみがお重の馳走を小籐次らの囲む飯台に運んできた。

「ほう、鯖の焼き物も美味そうじゃぞ」

　お重を見ながら小籐次は茶碗酒をくいっと喉に落とした。

「美味いのう。仕事をした後の一杯はなんともいえぬわ」

「ちぇっ、おれへの当てつけか。今日は版木屋の伊豆助からも読売屋のほら蔵からも声が掛からねえや」

「そうか、勝五郎どのは本日しけであったか」

「職人は晴れの日もあれば雨の日もあるとな、十いくつのときから分っているがよ。仕事が途切れると気がむしゃくしゃするぜ」

「まあ、そう焦らぬことだ」

「おい、酔いどれの旦那、望外川荘に泊まったについちゃあ、なんぞ話がある風だったな。読売のネタにならないか」

　勝五郎が問うたとき、どぶ板に下駄《げた》の音がして、

「仕事を待たせたようですな」

　と版木屋の番頭伊豆助と読売屋の空蔵の二人が揃って姿を見せた。

「おや、番頭さんとほら蔵さん、よういらっしゃいました」

と相好を崩した勝五郎が、

「急ぎ仕事かね」

「いえね、一日半日を急ぐ仕事ではありませんよ。こちらにおられる酔いどれ様の成田山新勝寺詣でを、空蔵さんがいささか面白おかしく仕立て上げた読み物ネタですよ」

「二人とも上がってくんな」

勝五郎が二人を上げておきみが急いで座を作った。

「空蔵どの、三河蔦屋さんに迷惑がかからぬように書いてくれたろうな」

「赤目様、この空蔵、抜かりはないよ。本日、川を渡って惣名主の屋敷に伺ってよ、大番頭の中右衛門様にお目通りを願ったんだ。二、三注文は出たが、概《おおむ》ねよかろうと許しを得てんだ」

「それはよかった」

「再来年の江戸出開帳まで、折々読売に書いてよいとの許しも得てきたんだ。勝五郎さんよ、酔いどれ様からあれこれと裏話なんぞを聞き出してくんな」

と空蔵が言い、懐から原稿を出した。

「番頭さん、明日の朝から彫り始めていいかえ」

　と勝五郎が念を押し、

「急ぎ仕事ではありませんが」

　と答えた伊豆助が、

「聞き捨てならないのは、最前木戸口を入って来たとき耳にした、赤目様が望外川荘に泊まられたという一件だ。これについては、なんだかうちの商売になりそうだと睨んだがね」

　と小籐次の顔を見た。

「こちらは読売のネタにはなるまい。北村おりょう様が歌壇に打って出るに際して、望外川荘で江戸の宗匠、歌人を集めてお歌合わせを催すという話じゃ」

「いよいよ、おりょう様が一派を立てられますか」

「一派を芽柳と名付けられ、門弟を集められるようだ。ところが歌壇も宗匠は男ばかりで、おりょう様の旗揚げに嫉妬《しっと》する輩も出て参ってな」

　と前置きした小籐次が昨夜の一件を酒のつまみにした。

「赤目様、言われるとおりだ、どのようなところも男が中心に動いておりましょう。そこへ女性《にょしょう》が名乗りを上げるのは大変なことですよ。門弟を集めるたって、そう容易なことではありますまい」

伊豆助が言い、

「おりょう様なら直ぐにも門弟衆が集まるかと思うたが、駄目か」

「赤目様、こりゃ、この空蔵に一枚噛《か》ませねえな。北村おりょう様の芽柳一派創立を江戸に宣伝これつとめさせるからよ。いえね、儲け仕事じゃござんせんよ。日頃お世話になる赤目小籐次様のために一肌ぬごうって話だ」

と空蔵が伊豆助の言葉に応じた。

「読売で披露とな。まるでお店の売り出しのようじゃな」

小籐次はおりょうの体面にかかわらぬかと案じた。

「いえね、新規に品物を売り出すのも、剣術の一派を立てて門弟を集めるのも、おりょう様が弟子を集めるのも、まずは広くそのことを知ってもらわねば客は来ない道理だよ。世に知らしめる、これが商いをしくじらない第一歩、秘訣なんだからな」

と空蔵が言い切った。

「おりょう様がなんと言われるかな」

「酔いどれの旦那、おれがさ、こんな読み物に仕立てましたとおりょう様に雛型《ひながた》をお見せして得心して頂いた上で、版木に彫るというのはどうだえ。読売もね、斬った張ったばかりじゃ、売れないんだよ。おりょう様には市村座の『眼首千両』の折り、登場頂いているからね。きっと話題になると思うぜ」

「おりょう様の了解をとるのだな」

「ああ。おれと伊豆助さんとで望外川荘を訪ねて、おりょう様ととっくり話してくる、案じるな」

「その折り、読売の原稿を持参するのだな」

「念には及ばずだ。赤目小籐次様の大事なお方、おれが一世一代の筆を振るって、北村おりょう様の歌壇お披露目を江戸じゅうに宣伝これつとめるぜ」

「上品な読み物でなければならぬぞ」

「任せてくんな」

「ともかく、おりょう様の許しを得るのが先決じゃぞ」

しつこいくらい小籐次は空蔵に念押しした。

「酔いどれの旦那は、ほんとうにおりょう様のこととなると真剣だな」

勝五郎が酔いの回った口で言った。

「勝五郎さん、そりゃそうだ。おれも市村座でお二人の様子を見たがよ、赤目様のおりょう様への思慕は千尋の谷より深く、おりょう様の赤目様への敬愛は富士の高嶺《たかね》より高いということが、ひしひしと伝わってきたぜ。世にもまれなるお二人ってのは間違いねえ」

「ちょっと待ってくんな、ほら蔵さんよ。おれにはどうしてもそこが分らない。赤目様は天下一の剣術家だが、年も年、風采も上がらない、その上、他人様《ひとさま》の子まで育てている。裏長屋住まいの爺様が絶世の美形に慕われるなんて、いくらなんでもそこんところがおかしいじゃないか」

「勝五郎さん、世の中はな、なにも美男美女が惚れ合うばかりじゃないのさ。美男の小姓が醜女《しこめ》の女中と恋仲になるなんて話はままあることだ。その反対に、醜《ぶ》男《おとこ》に見目麗しい女性が惚れるってこともあるってことだ」

「そりゃ、黄表紙ならばありそうな話だがよ。この酔いどれ様がおりょう様に惚れるのは勝手だ。だがよ、おりょう様がこの爺様にほの字というのが分らないんだ」

と勝五郎が呟いた。

そのとき、木戸口にばたばたと草履の音がして、

「保吉が戻ってきたのかね」

おきみが表を気にした。だが、草履の音は勝五郎の長屋を通り越して小籐次の戸口に止まり、どんどんと腰高障子を叩く音がした。

「だれだか知らないが、赤目の旦那ならうちだよ」

とおきみが台所の格子窓から叫んだ。すると、

「ありがてえ」

という声がして、勝五郎の部屋の戸が開かれた。

「おや、ご一統さん、お揃いで」

と額に汗を光らせたのは、難波橋の秀次親分の手先の大次郎だ。

「まさか千里走り一味が出たという話じゃなかろうね」

と空蔵は大次郎を見知っているらしく訊いた。

「こりゃ、まずいな。読売屋と版木屋の二人が顔を揃えてやがらあ」

と大次郎が困惑の色を見せた。

「親分のお呼びかな」

と小籐次が訊いた。

「へえ」

「遠くか」

大次郎は空蔵を気にしたか答えない。

「致し方ない」

小籐次は茶碗に残った酒をくいっと飲み干すと、

「おきみさん、遅くなるようなら駿太郎をお麻さんのところに泊まらせてくれぬか」

と願い、次直を手に立ち上がった。

「あいよ。新兵衛さんのとこでもうちでもちゃんと寝せるからね、安心おし。それにしても酔いどれ様は夕餉を食べる暇もないね」

おきみが気の毒がった。

小籐次の袖《そで》を空蔵が引っ張った。

「よその読売屋に喋らないでくれよな。おりょう様の一件だって、この空蔵の胸三寸、筆さばきにいい読み物ネタになるかどうかが掛かってるんだからな。そこんとこを忘れないでくれよ」

「ほら蔵の旦那、いつまで赤目様の袖を引っ張ってんだよ。いくら死人は逃げないからって、親分が怒りだしちまうじゃねえか」

「なにっ、大次郎、千里走り一味はとうとう死人を出しやがったか」

「しまった」

大次郎が手で口を押さえたがもう遅い。

「赤目様、急いでくれ。ほら蔵の旦那に食らいつかれると、スッポンみてえに離れないいんだよ。厄介だ」

草履を履いた小籐次の手を大次郎が引っ張り、どぶ板の路地に連れ出した。

二

大次郎が小籐次を連れていったのは、なんと御堀を挟んで向こうに南町奉行所が望める山下御門前、山下町だった。この界隈、姫御門河岸通りと土地の住人に呼ばれる辺りだ。

「大次郎さんや、奉行所の前で千里走り一味が悪事を働いたか」

「なんでもそうらしいや。おれもまだ現場は覗いてないいんだが、奉行所からの知らせにおれらが山下町に走ったと思いねえ。親分が現場に入ったと思ったら、おれに近藤精兵衛の旦那の命だ、赤目様の出馬を願えと命じたんだ」

大次郎はそれ以上のことは知らないらしい。

御城を前にした町内には刀鍛冶の法乗寺三郎太夫、刀研師の竹屋惣次郎、鞘師伝左衛門など刀に関わる職の者が多く看板を掲げていた。また御堀の向こうは大名屋敷だけに、御鼓調師《おつづみしらべし》、蒔絵師《まきえ》、狂言師、能管師《のうかん》など、武家の嗜みと関わりのある者たちが住んでいた。

大次郎が、

「ここだよ」

と小籐次を連れていったのは塗師《ぬし》の漆畑《うるしばた》興右衛門方だった。

漆畑家は徳川幕府開闢の時からこの姫御門河岸通りに面し、間口三間半の店を構えてきたことを、小籐次はだれかに聞かされて承知していた。

塗師として、名人と呼ばれる親方を輩出してきた家系だった。

漆畑家の表戸に南町奉行所の小者《こもの》が立って警戒し、閉じられた戸が一枚開かれて、その表戸に、

「親類に不幸あり臨時休業致します」

と金釘流の紙が貼られていた。

「ご免」

と小籐次が声をかけてなかに入ると、奥行き一間の土間の向こうに板の間が広

がり、きちんと片付いていた。ここで客と応対するのか、鞘や漆や道具などは見られなかった。

「ご免」

再び小籐次が声をかけたが、奥までは通らないのか、反応はなかった。人の気配がして、灯りが洩れていた。奥で調べが続いているのか。

小籐次は草履を脱いで奥に通った。すると狭い中庭を挟んだ奥に、漆畑の居室と奉公人の住まいが見えた。この奥の間だけが二階屋だ。

庭に面して畳敷きの作業場が細長くあって、壁の鞘掛けに塗りの最中の鞘がたくさん掛かっていた。

十数人の同心や小者が作業場に集まり、ざわざわと話していた。小柄な小籐次には、黒羽織の背だけでその向こうは見えなかった。

「難波橋の親分、赤目小籐次にござる。お呼びじゃそうな」

小籐次が声をかけると、

「おお」

と言って人の群れが左右に分れた。おお、と答えたのは南町奉行所定廻《じょうまわ》り同心磯崎華次郎だ。

難波橋の秀次親分は、南町奉行所に二人の旦那を持っていた。一人は老練な磯崎で、もう一人はまだ若い近藤精兵衛だ。

磯崎家と近藤家は南町の定廻り同心で、昔から家族同様の交わりをしていた。その下で秀次の先代は御用を務めてきたのだが、なぜ二人の旦那を持っているのか秀次も仔細は知らなかった。ともあれ磯崎、近藤、難波橋が古くから親しく交わってきたことだけは確かだった。

数年前、近藤精兵衛は父の死を受け、見習い同心として南町奉行所に出仕した。そのとき、父親代わりに定廻り同心の務めと心得を叩き込んでくれたのが、磯崎だ。近藤が定廻り同心を拝命したあとも磯崎がなにかと助言をしてきた。

だが、このところ近藤は経験を積み、まず二人一緒に事件の現場に姿を見せるということはない。このたびは、現場が南町奉行所の目と鼻の先だ。それで老練な磯崎が出馬したと思えた。

「赤目の旦那、そなたの武名、ますます江戸に知れ渡って商い繁盛にござるな」

「虚名が広まったとて研ぎ仕事には関わりござらぬ」

「そうにべもない返答をなさるな。この近藤精兵衛も秀次もそなたの眼力と腕前を頼りにしておるでな」

と小籐次に言った磯崎は、

「精兵衛、おれはこれで」

と現場を近藤に任せて姿を消した。

磯崎配下の見習い同心や小者たちが消えて、畳敷きの作業場の惨状が小籐次の目に映った。血飛沫が作業場の障子、畳、壁、天井にまで散って、凶行の惨《むご》さを見せていた。

そして、血の海の中に職人が三人、白布を敷いた作業台の前で突っ伏したり、仰向けになったりと斃れていた。真ん中の壮年の人物が漆畑興右衛門で、左右の二人が弟子だろう。

小籐次はまず作業場に注意を向けた。

塗師とは、鞘師が十年以上寝かした朴《ほお》の木で拵えた鞘に漆などで化粧をする匠のことだ。朴の木は脂気が少なく、アクも出ないので、刀身が錆《さ》びなかった。塗師が漆を塗るのは、武家の心意気を鞘に込めると同時に、漆の作用で防水、防湿の効果の狙いもあった。さらには鞘の強度を増し、刀身を保護する役目も負っていた。

鞘掛けに、漆畑家の先祖の名人が施した見事な漆の細工や蒔絵の鞘が飾られてあった。

どれも小籐次が感嘆する出来だった。

「当代の興右衛門も塗師としては歴代の名人を凌《しの》ぐ腕前と評判で、大名や大身旗本から注文が途切れなかったそうな」

と近藤精兵衛が小籐次に説明した。

頷いた小籐次は興右衛門と思える人物の傍らに膝を突き、肩口の斬り傷を見た。すると秀次の子分の銀太郎が、

「ご苦労さまにございます」

と言いながら提灯の灯りを差し出した。

小籐次は三人の息が絶えて一日ほど過ぎているなと、死後硬直の後の体の緩みを確かめた。

作業中の作業場に入り込んだ下手人がいきなり斬り付けたと考えられ、興右衛門は右手に漆塗りの刷毛を、左手は鞘口に差し込んだ木片を握ったまま作業台に突っ伏して死んでいた。傷は迷いなく、肩口から斜めに斬り込まれていた。

興右衛門はなにが起こったか分らぬままあの世に旅立ったのではないか。刀傷には間違いないが、重《かさね》（刀身の厚さ）の厚い刃で斬り付けたものだった。

小籐次は興右衛門の左右に斃れた職人の傷に目を転じた。

弟子二人は突然の凶行に驚いて振り向いたり、逃げ出そうとしたところを一人は背から心臓へ突き抜かれ、もう一人は首筋を深々と斬られていた。

手練《てだれ》の技というより、大力で迷いのない攻撃が小籐次の頭に刻まれた。

「千里走り一味の仕業にござるか」

近藤精兵衛に訊いた。

「いや、そうではござらぬ。千里走り一味を真似た別人の仕業と思えるのです」

と近藤精兵衛が答えた。

「赤目様、千里走り一味なんて夜盗はそもそもいないんで。読売なんぞが江戸じゅうで頻発する押し込みを同じ一味の仕業として書き立てたものだから、千里走り一味なんて異名が広まりましたがね。小物の押し込みが偶々あちらこちらで重なっただけのことですよ。ええ、二組ばかりお縄にしましたからね、江戸の町に静けさが戻ると考えた矢先、この騒ぎなんで」

と秀次が首を捻り、小籐次がさらに問うた。

「千里走り一味は、だれと特定されたものではないのか」

「へえ、あれこれ雑多にございましてな。中には獣に嚙み殺されたようなものまで千里走り一味の仕業と評判がたちましてな」

「獣だと」

「野良犬かもしれません。確かに喉元に嚙み千切られた痕《あと》がございましてな」

「野良犬は人を襲うかもしれぬが、金品を盗んではいくまい」

「それが、その家の金品が消えておりますので」

秀次がいささか困惑の体《てい》でいった。

「親分、これまでに、かような乱暴な手口の押し込みはなかったのだな」

「千里走り一味といわれた野郎どもの手口は、寝込みを襲ってその家の主や番頭を脅して金品を盗んでいくんです。獣は別にして、成り行きで怪我を負わせたことはありましたが、かように非情な真似はしておりませんや」

と秀次が答え、近藤が、

「赤目様、この斬り口、どうご覧になるな」

と問うた。

「剣を長年修行した者の仕業ではないな。いくらか剣の心得はあるかもしれぬが、それより強力に任せて叩き斬り、突いたという印象が強いな。重のある刀身は曲がっておるやも知れぬ」

と答えた小籐次が、

「恨みの犯行か」

「いえね、この奥の寝所が荒らされておりましてね。金を探した様子がございますので」

「親分、この家はこの三人だけなのか」

「いえ、女房と、子どもも二人おりますよ。嫁の実家の親父様が倒れて、嫁女は子を連れて代々木村に一昨日《おととい》から戻っているんで。近所にもそのことは知れ渡っております。そこでこの家の表戸に張り紙が出されていたので、近所の人は、あ、代々木村の親父様が亡くなったかと考え、戸が開かないのを不思議に思わなかったのでございますよ」

「だれがこの惨事を見付けたのだ」

秀次が、作業場の隅に放心したように座り込む若い男に目をやった。

「鞘師の職人が鞘を届けに来て、表戸が閉まっているのに潜り戸が少しばかり開いているのに気付いたそうなんで。そこで戸を開き、土間に臭《にお》う血に気付いて、南町奉行所に知らせたんで」

「そいつは災難だったな」

と小籐次は驚き冷めやらぬ若い職人を見た。

「嫁女が里帰りしているのを承知していることを考えると、行きずりの者の仕業とも思えないんで」

「この家の主どのは他人に恨みを買うような人物なのか」

「違います！」

鞘を届けに来て異変に気付いたという若い男が叫んだ。

「興右衛門様は心根の優しい親方でした」

「知らないものでな。許してくれ」

と詫びた小籐次が、

「そなたの名は」

「昌作です」

顔を上げると十七、八の職人だった。

「昌作さんや。よう血の臭いに気付かれたな」

「子供のころから血を見るのが大嫌いで、血の臭いには人一倍鋭いんです。私が潜り戸に手をかけて、そおっと開くと、奥のほうから血の臭いと漆の固まったような匂いがしてきて、おかしいな、と思ったんです」

「それで直ぐに奉行所に走られたか」

「いえ、そうじゃありません」

「どうなされた」

「潜り戸を跨いで」

「なにっ、おまえさん、この家に入ったのか」

と難波橋の秀次親分が驚いた。

「入りました。担いできた荷を板の間に下ろして、辺りを見回しました」

「薄闇でか」

「いえ、行灯が点ってました」

「なんだって、行灯が点《つ》いていたってか」

「はい」

とはっきりと昌作が答え、秀次が近藤精兵衛を見た。

「いや、われらが飛び込んだとき、行灯なんて点ってなかったぞ」

「油が切れたのでございますかね」

秀次が昌作を連れて表に向い、小籐次らも従った。

銀太郎が持つ提灯の灯りに、表の土間と板の間が浮かんだ。確かに行灯が一基、板の間の端に置かれてあった。

小籐次が油と灯心を確かめたが、皿に油もあり灯心も燃える状態で残っていた。ということは、だれかが吹き消したということになる。

「昌作さんが奉行所に走った間に吹き消した者がいる」

小籐次が昌作を見た。

「私は行灯なんて吹き消していません」

「そなたが吹き消したとは言うておらぬ。そなたがこちらを訪ねたとき、下手人が奥に潜んでおったのではないかと思うてな。そなた、奥には入っておらぬな」

昌作が真っ青な顔を激しく縦に振った。

「赤目様、興右衛門親方を殺したのは一人にございますかな」

「斬り口から申して一人かのう」

「塗師の親方と弟子二人を殺した後、なぜ下手人はこの家に一日以上も残ったか」

と近藤精兵衛が呟いた。

「近藤どの、その辺にこたびの騒ぎの鍵が隠されているようじゃな」

「だれを待っていたか、なにを待っていたか」

「金品は盗まれておるのか」

近藤は秀次と小籐次を板の間の人のいないところに呼んだ。

「漆畑家は内証が豊かというではないか」

「へえ、代々名人上手が続いたもので、漆畑の塗りは一鞘何十両もするものもあるそうです。その割には慎《つつ》ましやかな暮らしにございましてね。巷《ちまた》の噂ではどこかに千両箱が隠されているなんて評判も立つほどです。ですが、わっしらが奥の間をいくら探しても小判は出てこねえ。銭ばかりだ。この下手人、三人を殺した後、一晩がかりで金を探したが見つからず、探しあぐねているところに昌作が訪れたってとこじゃございませんかね」

「大方そんなところか」

と近藤が秀次の推量に賛意を示した。

「赤目様が見える前、信吉を嫁女の実家のある代々木村に走らせたところです」

「親分、ならばわしの出番はこれにて終わりじゃな。長屋に立ち戻ろう」

「赤目様、ご苦労を願いました」

と秀次が謝り、近藤が、

「磯崎様は最近、勘働きがすこぶるよいとか。この仏三体の斬り口を赤目小籐次どのに見ておいてもらえと、それがしに命じられたのでござる。お休みのところ相すまぬことでした」

と近藤が詫び、小籐次は板の間から土間に下りて草履を履いた。

小籐次は山下町から南佐柄木町《みなみさえきちょう》に曲がり、加賀町から八官町《はちかんちょう》に抜け、土橋《どばし》に出ようとした。

夕餉を食べ損ねていた。腹も減り、中途半端に飲んだ酒が醒《さ》めてもいた。御堀端に出たのは、土橋辺りの河岸道に二八蕎麦屋でも出ていないかと思ってのことだ。御堀に出ると、ぴゅっと小籐次の背から寒風が襲ってきた。

小籐次の背に嫌な感触が走った。

だれかが小籐次を尾行している、そんな感じがした。

足を止めた小籐次は後ろを振り返った。人の気配はない。だが、明らかにどこかから見詰める、

「眼」

があった。

小籐次のほうに覚えがなくとも、小籐次に恨みを抱く者は数知れずいた。御鑓拝借以来、幾多の戦いが残した仇《あだ》だった。

だが、なんとなくそのような感じではない気がした。姿を見せぬ尾行者はどこから小籐次を尾けてきたか。

素直に考えれば、漆畑興右衛門の事件と関わりがある者が尾行していると考えたほうがよさそうだ。となると、重の厚い刀を振るった下手人が小籐次を尾けているのか。

小籐次は難波橋の手前で二八蕎麦屋の灯りに目を留めた。

提灯屋の藤辰が夜なべ仕事でもしているのか、蕎麦を注文した様子があった。

「蕎麦屋さん、わしにも蕎麦をくれぬか」

と声をかけると腰の曲がった親父が、

「へえ、ただ今」

と答えて丼《どんぶり》を飯台の上に並べ、顔を上げて、

「酔いどれの旦那か」

と言った。いつも芝口橋の袂《たもと》で商いをしている蕎麦屋だ。

「寒いな」

「酔いどれ様、寒うございますな。今晩は酒を飲んじゃいないんで」

「一杯口にしたところで難波橋の親分に呼び出された。酒も醒めたな」

「御用でございましたか。ならば」

親父が茶碗に熱燗を注いで出してくれた。

「これは相すまぬ」

「わっしは御鑓拝借以来の贔屓なんで」

と親父が嬉しそうに笑った。

「遠慮のう頂戴致す」

小籐次は蕎麦が拵えられるまで二杯ほど茶碗酒を飲み、かけ蕎麦を食べて一朱を親父に握らせた。

「口あけでまだ釣銭の持ち合わせがないんで」

「なあに、贔屓代だ」

と小籐次は屋台を後にすると、難波橋で向こう岸に渡り、御堀の右岸を芝口橋へと向った。ちょうど増上寺脇の切通しの鐘撞台《かねつきだい》から四つ（午後十時）の時鐘が響いてきた。

芝口橋を横目に久慈屋の店を見ながら新兵衛長屋へと歩を進めた。すると四足が疾走するような足音がして殺気が迫りきた。

小籐次は振り向こうともせず前方に走った。だが、背の殺気が間合いを詰めてきた。

小籐次は足を止めてその場に片膝を突き、次直を抜き打った。その瞬間、小籐次の上を大きな影が跳躍して刃を躱《かわ》し、何間も先に着地して路地に姿を消した。

ふうっ

と息を一つ吐いた小籐次は次直を鞘におさめた。

三

新兵衛長屋は眠りの中にあった。

だが、木戸口を潜ると、驚いたことに小籐次の部屋に灯りが点っていた。戸口に立つと、しゅんしゅんと鉄瓶が吹いている音までした。さらに人の気配もあった。

小籐次が戸を開くと、火鉢にかじりつくようにして空蔵が居眠りをしていた。

「驚いたな」

小籐次の声に空蔵が目を覚まし、寝ぼけ眼《まなこ》でお帰りと迎えた。

「皆それぞれ部屋に戻り、眠りに就いておるぞ。そなた、どうしたのじゃ」

「読売屋はね、夜討ち朝駆けはあたりまえのことなんだよ。どうだったえ、千里走り一味の仕業」

と訊いた。

「なにっ、読売のネタのためにわしの帰りを待っていたと申すか」

「当たり前じゃねえか」

小籐次は腰から次直を抜くと板の間に上がった。

空蔵が自分の長屋ででもあるかのように、鉄瓶の湯を茶碗に注いで小籐次に差し出した。

「白湯を飲みな、体が温まるぜ」

火鉢の傍らに座した小籐次は白湯の入った茶碗を受け取った。すると空蔵が懐から、御用聞きの手先が所持するような帳面を出した。なにがなんでも小籐次の口から話を聞き出す気のようだ。

「空蔵さんや、かくなっては話さずば寝もなるまい。だが、読み物にする前に秀次親分に断わってからにしてくれぬか」

「むろんのことだ。この空蔵、へえ、ほら蔵と異名はとってはいますがね、他人様との約束事はきっちりと守ってきたからこそ、江戸の読売屋の中でも一番の信頼を得ているのでさ」

と自画自賛した。

もはや小籐次も覚悟するより他にない。

「千里走り一味と申してよいかどうか、押し込みが入り、三人を斬り殺していったのは、山下町の姫御門河岸の塗師漆畑興右衛門方だ」

「なんだって。南町奉行所が御堀越しに見える町方のお膝元で凶行だって」

「秀次親分らの話だと、これまでの千里走り一味とはいささか手口が異なるらしい」

と前置きすると、小籐次は塗師と奉公人二人が襲われ殺された顚末を語り聞かせた。

「なんとね」

と聞き終わった空蔵がしばし沈思し、

「漆畑の親方は鞘の漆塗りでは評判の腕前なんだよ。親方の仕事は多々大名道具に加えられているからな。それだけに内証も潤っているって話だが。いくら盗まれたんで」

「そいつはまだ分らぬ」

女房が子供を連れて代々木村に親父様の見舞いに戻っている事情を話した。

「そうか。女房が戻ってこなきゃあ隠し金の在り処《あか》は分らないか」

「そういうことじゃ」

とひと通りのことを話した小籐次はようやく白湯を口にした。

「よし、これで今晩纏《まと》めて、明日にも難波橋の親分にご対面だ」

と空蔵が帰る仕度をした。

「これから夜道を戻られるか」

「夜鍋仕事だな」

「命あっての物種だぞ」

と小籐次はただ今河岸道で襲われた様子を語った。

「なんだって」

空蔵が上げかけた尻をまた下ろした。

「赤目様がこの界隈で襲われたって。それも獣かえ」

「千里走り一味の仕業の一つに、野良犬のようなものが嚙み殺した事件があった
そうな。そいつかのう」

と小籐次が白湯をまた飲んだ。

「赤目様、野良犬が人を襲うって話は聞かないわけじゃねえ。だがよ、赤目小籐次様のあとを何丁も尾けて後ろから襲いかかるなんて芸当ができるもんかね」

「あれは野良犬なんぞではないな」

「ほう、すると別の生き物なんで」

「影のかたちからして熊のようであったがな」

「江戸の町中に熊だって」

「空蔵さん、つらつら考えるに、あれは熊の毛皮を被った人間の仕業であろう。熊が金品に目がいくものか」

「だろうな。となると赤目様の懐が狙われたことになる」

「わが懐中には精々二分あるかないか。懐を狙われたというわけではあるまい」

「ならばどうしたことで」

「どうやら御堀端に出たところから見張られていた気配がしてな、河岸道で襲われた。途中で二八蕎麦屋に会い、茶碗酒を馳走になって蕎麦を食した。その折り、こちらの風体はおよそ分った筈だ」

「熊が、二八蕎麦屋で酒を飲む人間を待って金品を強奪するなんて、聞いたこともないや。だがよ、熊公が人間なら、赤目様の懐が温かいかどうかはすぐに見当がつくってものだ」

「そういうことじゃ」

「とすると、赤目様をなぜ襲ったか。漆畑興右衛門宅の三人殺しと関わりがあるのかないのか」

と空蔵が呟きながら帳面に何事か記した。

「空蔵さんや、この界隈を熊男が徘徊《はいかい》しておるやも知れぬ。それでも戻られるか」

「読売屋が熊男に嚙み殺されたんじゃ、しゃれにもならないな。今晩、こちらに泊めてくれねえか」

「布団は駿太郎のものしかないぞ」

「へえへえ、凍え死にさえしなければ我慢するって」

と空蔵が泊まる気配を見せた。

小籐次は火鉢を寄せて布団を二組敷いた。

駿太郎の夜具はいささか小さいが、空蔵もそう大きな体ではない。足を曲げればなんとか寝られそうだ。

「おれの悪い癖は、寝る前に煙草を一服することなんで。赤目様、許してくれねえか」

「勝手にするがよい」

小籐次はさっさと布団に潜り込んだ。空蔵が火鉢の傍らに行き、煙草入れから煙管を出しながら、

「熊男、酔いどれ小籐次を襲う、か。こいつは売れそうなネタだな」

と独り言を呟くのを聞きながら、小籐次は眠りに落ちた。


小籐次は備前屋に仕事に出る前、難波橋の秀次親分の家を訪ねた。さすがは御用聞きの家だ。昨夜は遅かった筈だが、銀太郎と大次郎が表を掃除していた。

「赤目様、お早いですね。本日もうちの手伝いですかえ」

「銀太郎さんや、そうそう親分の使い走りをしていてはうちの釜の蓋が開かぬわ。ちと親分に報告があってな。おられるか」

「神棚の榊《さかき》の水を替えてなさる刻限だ」

という銀太郎に案内されて居間に通ると、長火鉢の前に秀次親分と難波橋の番頭格の信吉が茶を飲んでいた。

「おや、赤目様。朝早くからどうなされました」

「報告しておきたいことがあってな」

と前置きして昨夜の一件を告げた。

「なんですって。熊の毛皮を着た野郎に襲われなすったって」

と秀次が驚きの様子を見せた。

「親分、なぜ、熊男はわしを狙うたのであろうか」

「熊男と漆畑の一件とは関わりがあると言われるので」

「わしは熊男に狙われる曰くがないでな」

ふうーん
と秀次が唸りながら考え込んだ。

「赤目様、もう一度姫御門河岸通りにご足労願えますかえ」

「日中の光でなにか見つかるかも知れぬでな」

秀次と小籐次、そして信吉が、同時に長火鉢から立ち上がった。


塗師漆畑興右衛門ら三人が襲われて殺された作業場から、熊の毛と思えるものが何本も見つかった。その一本は興右衛門が塗っていた鞘の漆に落ちて、漆が固まって毛まで鞘に塗り込められていた。

「赤目様、熊の恰好をしてこの家を襲った者が、赤目様も襲ったようですね。塗師の作業場に獣の毛が舞っているわけもない。まして興右衛門の作業場は清潔第一に保たれていたのですから、毛が散っているなんておかしゅうございますよ」

秀次は、塗師三人が斬殺《ざんさつ》された事件と小籐次が襲われた一件が同一の者の凶行と断定した。

「親分、この者、どこからこの家に侵入したのであろうか」

「一昨日は、興右衛門ら三人は急ぎ仕事で、いつもより遅くまで働いていたようです。表戸は閉めても潜り戸は開けてあったかも知れません」

「その者は潜り戸から勝手に入り込んだというわけか」

「なんぞ訝しゅうございますか」

「いや、この者が興右衛門らと知り合いということはないか」

「ほう、新説ですな」

秀次が考え込んだ。

「代々木村に信吉さんが出張《でば》られたそうだが、興右衛門どのの女房、子供は戻られたか」

「それなんですよ、赤目様」

秀次が信吉に話せと目で合図した。

「代々木村の嫁の実家は漆問屋でございましてな、漆畑興右衛門が使う漆のすべてを代々この榊原市兵衛が扱っておりました。なんでも大和《やまと》吉野漆、会津漆、出羽米沢漆と上質の生漆《きうるし》を漆畑家におろしてきたんだそうで、漆畑が名人上手を多く出したわけでもあるそうです。市兵衛の娘のおきわはそんなわけで興右衛門に嫁ぎ、二人の子をなしたのでございますよ」

と信吉が説明し、

「わっしが昨夜《ゆうべ》代々木村の榊原の屋敷に飛び込んだとき、市兵衛さんが息を引き取る間際でございましてね。おきわさんにこっちの騒ぎを言い出しきれませんでした。そこでおきわさんの兄さんに事情を説明したほどなんで。それだってなかなか大変なことでしたよ。ともかく兄さんからおきわさんに伝えられたんですが、おきわさんが悲鳴を上げて卒倒する騒ぎになりましてね。とてもおきわさん方が直ぐにこちらに戻ってこられるような状況ではございませんので。ともかく親父さんの通夜を終えて急ぎ、帰ることになりました」

「なんと、不幸が重なったか」

と呟く小籐次に、

「ただ今、赤目様の話を聞いてちょいと気に掛かることがございます。こいつは未だ親分にも報告していませんでした」

「なんだ、信吉」

「おきわさんが興右衛門さんの嫁になる、十年も前のことです。榊原家の手代で、吉野から会津と漆買いに回る波津造がおきわさんに惚れて、市兵衛さんに所帯を持たせてくれと願ったそうです。若いおきわさんも一時はその気があるように見えたそうな。ところが市兵衛さんに身分を考えろと叱り飛ばされ、諦めたことがあったそうです。その直後におきわさんは興右衛門さんと祝言を挙げて、江戸に嫁いだってわけなんです」

「その手代はきっぱりと諦めたか」

「親分、その辺は正直分りません。皆の噂では、波津造は漆を求めて山歩きをするような男です。足腰が頑丈な上に敏捷《びんしょう》、強力で、常に山刀を携えて道中をしていたそうです」

「なぜそんな大事を報告しなかった」

と秀次が信吉を叱った。

「いえね、わっしがおきわさんの兄さんと面会するまで一刻程、別棟の納屋で待たされたんでございますよ。そこには大勢村人が詰めかけておりましてね、酒も出ておりました。そんな場で村の衆が退屈しのぎに話しているのを小耳に挟んだんで。こっちの殺しは千里走り一味の仕業とばかり思い込んでおりましたからね、親分に話すのがつい遅れちまいました」

「波津造って手代は、まだ榊原家に奉公しているのか」

「おきわさんが子供を連れて戻ってくるというので、旅に出されたそうです。なんでも米沢に春漆を買いに行かされたそうです」

「代々木村にはいないのだな」

「へえ」

秀次の視線が小籐次に向けられた。

「親分は、漆畑興右衛門方の一件はただの物盗りではなく、妬《ねた》み、恨みが因《もと》と思われるか」

「旅には常に山刀を携え、山歩きで足腰は頑丈の上に、強力の手代ですぜ」

重の厚い刃は、刀ではなく山刀ではないかと秀次が示唆していた。

「波津造が未だおきわさんに未練を残していたとしたらどうでございましょうな。折りも折り二人が所帯を持つことを拒んだ市兵衛が死にかけていたが、自らは主の死に目にも立ち会わされず代々木村から遠ざけられた。そこで米沢行きの前に漆畑興右衛門方を、獣の皮を被って襲ったが、顔を見られたか、弟子ともどもに殺した」

　と秀次が考え考え、推理した。

「いくらなんでも波津造だって、今さらおきわさんと所帯を持てるとは思っておりますまい。だから内証が豊かという興右衛門方の金子を狙い、探したが、未だ見つからずにいる」

「わしを襲うたのはなんのためじゃ」

「そこですね。赤目様をだれと勘違いしたか」

「親分、赤目様を襲ったのは、千里走り一味の仕業にするためではございませんか」

　と信吉が言い出した。

「波津造は自らの犯行を、千里走りの仕業の一つに隠そうとしているというのだな」

「へえ」

「となると、波津造は今頃素知らぬ顔で米沢に向って旅をしておるのであろうか」

「赤目様、人三人を手に掛けた人間がどう変わるか。わっしらは、尋常な人間が極悪人に変わる様をいくつも見てきました。もしこの家の殺しが波津造の仕業なら、未だこの家の金に執着してこの辺りに潜んでいますぜ」

「おきわさんがこの家に戻ってきて、隠し金を検めるのを待っておるとな」

「へえ」

「あるいは未だ波津造がおきわさんに未練を残しているとしたら」

「代々木村に舞い戻っていると言われるので。信吉、代々木村をあたってくれ」

信吉が頷くと小籐次を見た。

「乗りかかった船じゃ」

「心強いかぎりです」

と信吉が礼を言った。


小籐次と信吉は、代々木村に急行した。

漆問屋の榊原市兵衛方は、下総結城《ゆうき》藩一万八千石水野家の抱え屋敷の南に接して、こんもりとした森の中にあった。

当主市兵衛の通夜は今晩とかで、大勢の村人が出入りしていた。

長屋門を潜った信吉は榊原家の番頭の茂蔵を呼んだ。

「お呼び出しにございますか。私たちも漆畑家のことは気にしているのですが、なにしろこっちも旦那様が亡くなったところ」

「番頭さん、どこぞ人のいないところはないかね」

と信吉が小声で願った。茂蔵は小籐次のことを気にしながら、

「門番小屋でよければ」

と長屋門の右手にある長屋に信吉と小籐次を連れていった。

「このお方はお役人様でございますか」

「番頭さん、おまえ様も名くらい聞いたことがあるだろう。赤目小籐次様だ」

「赤目様と申されると、先の市村座の舞台に岩井半四郎丈と一緒に立たれた酔いどれ小籐次様ですか」

「その赤目様だ」

「赤目様がうちになんの御用なんで」

「赤目様とうちは入魂のお付き合いでね。時にお手伝いを願うことがあるんだよ」

「御用の筋ですか」

「米沢に漆買いに出された波津造のことじゃが、未だこの界隈にいるということはあるまいな」

「どういうことです」

「未だはっきりしたことじゃないんだ。その心積もりで聞いてくんな」

「はい」

と茂蔵が緊張の様子で応じた。

信吉は、江戸の騒ぎが波津造の仕業かもしれない疑いが出てきたことを告げた。

「なんということで」

茂蔵は茫然《ぼうぜん》として信吉を、次いで小籐次を見た。

四

榊原市兵衛方は生漆問屋としての盛業を何代にもわたり続けてきただけに、代々木村の敷地は広大だった。母屋の近くには榊原家の財をなした何棟もの漆蔵があり、奉公人が住む長屋が点在していた。さらに敷地に隣接して漆の木の畑があり、生漆の買付人の波津造は漆畑にある漆小屋に寝泊まりしていたという。

「波津造はどんな男なんで」

漆小屋に案内した茂蔵に信吉が尋ねた。

「在所は会津にございます。朴訥《ぼくとつ》な男で、漆山に育っただけに漆をよう承知しておりましたし、漆の木から採れる樹液《あらみ》で漆のよしあしを判断することにかけては波津造の右に出る者はおりませんでした。ご存じかと思いますが、漆は漆汁の状態で買付けます。その判断のよしあしで何十両何百両もの損得が生じます」

「波津造はなぜ一人だけで漆小屋に住んでおったのでござるか」

と小籐次が訊いた。

「いえね、おきわ様と所帯を持つと騒ぐ以前は、奉公人が住む長屋に住んでおりましたよ。旦那様にきつく叱られた後、漆畑の小屋に独りで住み始めたんです。旦那様に楯突いた男です、奉公を辞めさせることも話し合われましたが、なにしろ漆の買付けは波津造にしかできません。それで旦那様が、奉公を続けさせる代わりに給金は据え置きというご処置を命じられました。今から、八、九年前のことでしょうかな」

「榊原家の商いを左右する漆の買付人の波津造の給金は据え置きか。厳しいのう」

「その給金も、奉公を辞するときまで旦那様が預かっておいでで、波津造は日頃の費《つい》えには私に一朱とか二分とか請求してその都度受け取り、貯めている給金から差し引かれました」

「番頭どの、波津造の給金はどれほど貯まっておりますな」

「およそ三十七両ほどでしょうか」

「目利きの漆の買付人の給金はどれほどでござるか」

小籐次の問いに茂蔵が答えを迷い、

「噂ゆえそれが正しいかどうか知りませんが、波津造ほどの腕なら年に三、四十両は稼ぐそうな」

信吉が小籐次の顔をちらりと見た。

小屋と呼ばれていたが、階下は作業場を兼ねた納屋で、その二階が波津造の住まいという。

「煮炊きをしていたのかい」

小屋に漂う獣の肉の臭いを嗅ぎ取った信吉が訊いた。

「はい。他の使用人と付き合うのが煩わしいと、独りで暮らしておりました。もっとも波津造は、ほとんど生漆の買付けで旅から旅の暮らしでしたから、この代々木村に住むのは一年に二月《ふたつき》あったかどうか」

　土間から梯子段《はしごだん》を上がると、八畳ほどの広さの板の間が広がっていた。きちんと片付けられた波津造の住まいで目につくのは、極寒の季節を旅する折りに用いる獣の皮の袖なしが壁にかかり、熊の毛皮が床に敷かれていることだった。

　部屋の隅に波津造の持ち物を入れた長持ちが一つあった。

「番頭さん、長持ちを開けますぜ」

「はい」

　信吉が長持ちの蓋を開けると、大風呂敷が掛けられてきちんと整理されていた。信吉が風呂敷を剥ぐと、女物の小袖、浴衣、長襦袢《ながじゆばん》などが何枚も出てきた。それも真新しいものではなかった。いずれも着古したものばかりだ。

「なんとこれは」

　と信吉が手にした浴衣に目を釘付けにされた茂蔵が、

「おきわ様の娘の頃の浴衣にございますよ。この模様に覚えがございます」

「他の小袖や長襦袢はどうですね」

「おそらくおきわ様のものと思えますが、おきわ様にはとても尋ねることができません。女衆に訊きましょうか」

信吉が小籐次を見た。

「あまりこの小屋に出入りせぬほうがよかろう。波津造には大事なおきわどのの品ゆえ、必ずや取り返しに来るような気が致す」

「赤目様、あいつはこの界隈に潜んでいると言われるので」

「波津造は必ずやおきわどのの近くに潜んでいよう。おきわどのが江戸に引き上げられれば、そちらに行く筈じゃ」

「波津造め、未だおきわ様を諦めきれませんか」

と茂蔵が嘆息した。

「波津造には心を許した朋輩はおらぬか」

「近頃、ますます気難しくなりましてな。同じ在所から働きに来ている飯炊きのおよしくらいでしょうか、波津造と話すのは」

「およしさんに密かに会えぬか」

小籐次の問いに茂蔵がしばし考え、

「この小屋におよしを差し向けます」

「番頭どの、願おう。波津造の話じゃが、主一家にもしばし告げず、番頭どの一人の胸に仕舞うておいて下され」

　畏まりました、と返答した茂蔵が階段を下りかけ、

「まさか波津造のやつ、おきわ様になんぞ悪さをしてのけようと考えているのではありますまいな」

「そうはさせとうないでな。ともあれ波津造は、おきわどのの亭主どのら三人を殺したかもしれぬのじゃ。なんとしてもそれ以上のことは」

「赤目様、止めて下され」

　茂蔵の悲痛な叫びに小籐次が小さく頷いた。

　およしが波津造の寝泊まりする小屋の二階に姿を見せたのは、茂蔵が姿を消して半刻後のことだった。およしは四十前後か、白髪が目立つ髪を後ろでしっかりとひっ詰めていた。

「およしさん、すまないね。主家が忙しいときによ。おれたちは南町所縁《ゆかり》の者だ。おきわさんの亭主のことでな、代々木村までのしてきたんだ」

　と信吉が声をかけた。

「番頭さんに命じられただ」

「波津造と親しいってな」

「同じ会津が在所だでな」

「波津造を見かけなかったか」

およしが信吉を睨むように見た。

「波津造がなにをしただ」

およしが訊いた。小籐次が、
吉は迷っていた。答えなければなにも話さないという表情だった。問われた信
「およしさん、見てくれぬか」

と長持ちに連れていき、中を見せた。はっ、としたおよしが身を竦めた。

「女物の着物はすべておきわどののものだな」

およしががくがくと頷いた。小籐次は信吉を振り返り、

「信吉さん、およしさんに話をするしかあるまい」

と言った。

「なにを波津造はしでかしただ」

「江戸でおきわさんの亭主興右衛門さんと弟子の二人が殺された。熊の毛皮を着込んだ男が山刀のようなもので斬りつけたんだ」

信吉の話をおよしが驚愕の表情を浮かべて聞いていた。掻い摘《つま》んだ事件の経緯

を聞き終わった後、およしは長いこと黙り込んでいた。小籐次も信吉もおよしが口を開くのを気長に待った。

「なんてこった。なにかが起こると思うていただ」

「波津造の仕業と思うかね」

「そりゃ、おら知らねえ。だども、波津造がおきわ様を諦めきれないでいたのは確かなこった。旦那様がわしに冷たいと何度も嘆いておったしな。こたびのことも、旦那様が倒れられて、おきわ様が里帰りする段になってよ、急に米沢に漆買いに行かされることを不満に思うていただ」

「波津造め、やっぱりこたびの仕打ちが引き金になって、おきわさんの亭主に矛先を向けやがったか」

　と信吉が呟いた。

「波津造の狙いはおきわどのじゃ」

「漆畑家の金目当てじゃないと仰るんで」

「行きがけの駄賃に金を探したことはたしかだろう。だが、波津造の狙いはおきわどのであろう」

　と小籐次が繰り返した。

「お侍、波津造はおきわ様をどうする気だ」

「無理に心中を図るか、ともあれ積年の想いを遂げようとしているようじゃ」

「おきわ様には子が二人もおられるだ。おきわ様の旦那が亡くなった今、母親がたよりだ。旦那様の仕打ちがひどいからといって、波津造のやったことは許されるもんじゃねえ」

　とおよしが言い切った。

「波津造め、この界隈に潜んでおりますかね」

「今宵は通夜だ。忍んでくるとしたら今宵か、あるいは明日の夜明け。おきわどのが江戸に戻られるときか」

「どうしたもので」

「一刻も早くあやつをひっ捕えたいものよ」

　小籐次はしばし考えた後、

「およしさん、頼みがある」

「どうするだ」

「長持ちにあるおきわどのの衣類だがな。表に干してくれぬか」

「するとどうなるだ」

「分らぬ。だが、あやつにおまえのやったことはもはや榊原家もお上《かみ》も承知と分らせることになろう。それを見たあやつがどう動くか」

と言った小籐次は、

「今一つ。おきわどのをな、この小屋に呼んでくれぬか」

とあれこれと注文をつけて願った。

およしは波津造が密かに隠し持っていたおきわの肌に触れた浴衣などを、漆小屋の前に高々と干した。その後、小籐次、信吉と一緒に母屋に戻った。

代々木村の漆長者榊原家の通夜だ。江戸から来る人たちがそろそろ姿を見せ始めていた。小籐次と信吉は榊原家の番頭の茂蔵に見送られる体で長屋門を出た。

そして、江戸への道を二人して辿っていたが、近江《おうみ》彦根藩井伊家の下屋敷に接した森に紛れ込み、密かに榊原家の漆小屋に小籐次だけが戻った。

小屋にじいっと小籐次は潜んでいた。

そして、波津造のおきわへの思慕の念が妄念へと変わるきっかけを考えていた。

波津造がおきわと所帯を持ちたいと旦那に向って告げたとき、波津造の榊原家での立場が暗いものに変わった。主の逆鱗《げきりん》に触れ、どのように働いても給金は上がらず、その給金も主が預かっていた。漆の買付人としての腕は一流ゆえ、波津造なら他の漆問屋が高い給金で迎え入れたろう。だが、おきわに想いを残す波津造はそれができなかった。

主が病に倒れておきわが里帰りするというとき、波津造は突然漆の買付けを命じられて米沢に旅立たねばならなかった。

その瞬間、波津造の妄執が狂気の色を帯びて行動を起こさせた。

刻限だけがゆるゆると過ぎていき、榊原家の長屋門から母屋に提灯の列ができた。

だが、漆小屋に変化はない。おきわの古い衣装だけが夜空に干されてうっすらと風に吹かれていた。

福泉寺の住職らの読経《どきよう》の声が響いてきて通夜が始まった。

信吉は母屋に潜んでおきわを見張っていた。波津造が、旦那だったおきわの父親の通夜の席を襲い、おきわに危害を加えることも考えられた。そこで信吉を奉公人の体で配したのだ。むろん大力で山刀を自在に操る波津造なので、茂蔵に願って榊原家の男衆数人を信吉と一緒に控えさせていた。

だが、四つの刻限が過ぎても波津造が姿を見せる気配はなく、通夜の客も段々少なくなり、読経も止んで住職らも最後の枕経《まくらぎよう》をあげて寺に戻った。

それを長屋門までおきわが見送り、ゆっくりと母屋に戻りかけた。だが、不意に気を変えたか、漆畑のほうへと歩いていった。

小籐次の頼みをおきわが受けたのだ。

月明かりがうっすらと、様子のいいおきわの白無垢の小袖を浮かばせていた。

二人の子をなしたとは思えないほど若々しいおきわの姿だった。

おきわは漆小屋の前に干された衣類を何気なく見上げていたが、

あっ

と悲鳴を上げた。

「私が昔着ていた浴衣や長襦袢だわ。なぜこんなところに」

とおきわが呟いたとき、漆畑から黒い影が姿を見せた。四足の影は巧妙におきわの周りをぐるぐると回ってみせた。

「きゃあっ」

とおきわが大きな悲鳴を上げた。すると熊がおきわに甘える仕草で後退《あとずさ》りをして、前脚を折り、頭を下げた。危害を加えないと思ったか、おきわは落ち着きを取り戻した。

その直後、おきわがなにかに気付いたように、

「おまえ、波津造だね」

と荒らげた声を上げた。

「おまえ、私の亭主どのと大事な職人衆二人を殺したね」

「おきわ様、わしと一緒に会津に行ってくれ」

「波津造、未だそのようなことを考えているの」

「おきわ様はわしに親切だったぞ」

「それはおまえがお父つぁんに怒られてばかりで可哀相だったからよ。おまえのことは、これっぽっちも好きだなんて考えたことはないわ。それを、数吉とおけいの父親を殺すなんて許せない」

おきわが子の名前を呼んで気丈に叫んだ。

熊の毛皮を着て熊になりきった波津造が顔を右に左に振って、おきわに許しを請うていたが、突然おきわに寄ってこようとした。

「波津造、私が肌につけていた襦袢などを盗んでいたなんて汚らわしいわ。近寄らないで！」

おきわは波津造の最後の望みを打ち砕くように叫んだ。

うううっ

と唸り声を上げた熊がゆっくりと二本脚で立ち上がった。すると毛皮の腹に山刀が括《くく》り付けられているのが見えた。

「亭主の仇《かたき》、どうしてくれよう」

「おきわ様を会津に連れていくだ」

と波津造が暗い声で告げたとき、信吉が提げた提灯の灯りが波津造の姿を浮かび上がらせた。

「なんて醜い」

と思わずおきわが洩らした。

「許せねえ」

と波津造が山刀に手をかけた。

「漆買付人波津造。そなたのおきわどのを想う気持ちは分らぬではないが、もはやその域を自ら越えてしもうた。しでかした罪を贖《あがな》うときよ」

という静かな声がして、小籐次が姿を見せた。

「赤目小籐次」

「そなた、わしのことを承知か」

小籐次は立ち竦むおきわを背に回して波津造と向き合った。熊の毛皮を着て、敏捷に動いた体は六尺余の大男だった。

「御用聞きに力を貸してこのわしを捕まえようなんて、許せるものではない」

「そなた、塗師の興右衛門どのらを襲うた後もあの家に潜んでいたか。漆山に育ったというが、気配を消して床や天井に潜むのもお手のもののようじゃな」

「わしより強い者はこの世にいねえ」

「それがそなたの誇りか」

と小籐次が問うたが答えは返ってこなかった。

「そなたの首を獄門台に曝すのも不憫《ふびん》。この赤目小籐次が始末してくれん。三途《さんず》の川で興右衛門様方と榊原の旦那に詫びよ」

「言うな」

被った熊の顔を振りほどくと、波津造の髭面が夜風に曝された。その顔に切ないほどの哀しみが宿っていた。

小籐次が次直を抜いた。

「波津造、世の中には越えようとして越えられぬ山もあれば、渡れぬ海もある。それに耐えるのも人間の務めぞ」

「人を人とも思わぬ説教、聞き飽きただ」

波津造が山刀を抜き放った。

反りの強い、重の厚い刃は一尺八、九寸余か。切っ先が研がれて、それが信吉の翳す提灯の灯りにぎらりぎらりと光った。

小籐次がすいっと間合いを詰めた。

波津造が山刀を右手一本に保持して高々と上げた。

間合いは一間半余。

けええっ！

怪鳥《けちょう》の鳴き声を上げた波津造が、反動もつけずに小籐次に向って跳んだ。なんともすさまじい跳躍力だ。

小籐次の視界を熊の毛皮を着た波津造の影が覆った。そして、重の厚い山刀が小籐次の脳天を叩き潰すように落ちてきた。

その瞬間、小籐次が右足を大きく踏み出しながら、両手に構えた次直を落ちてきた波津造の喉元に伸ばした。間合いを的確に計った小籐次の踏み込みだ。

ぱあっ！

と次直の切っ先が波津造の喉元を斬り裂き、小籐次が右斜め前に突っ走った。

小籐次の背後にどさりと、重い波津造の体が落ちた音がして、

くるり
と小籐次が振り返ると、

「来島水軍流漣」

と呟いた。

「おきわどの、親父様の枕辺にお戻りなされ」

小籐次が言いかけるとおきわがこっくりと頷き、母屋に向いかけ、

「私のどこがいけなかったのでございましょうか」

と自問するように呟いた。

「そなたにはなんの罪科《つみとが》もござらぬ。ただ男の妄執が、かような悲劇を惹き起こしてしもうたのじゃ」

おきわは小籐次に頭を下げると夜の暗闇に小走りに消えた。

「信吉さん、波津造を江戸に運んでいこうか」

信吉の背後に潜んでいた榊原家の男衆が、漆小屋から戸板と筵を持ち出してきて、熊の毛皮を着込んだままの波津造の亡骸《なきがら》を載せた。

信吉の提灯の灯りに照らされて代々木村から御府内へと夜旅が始まった。

小籐次の胸に、望外川荘で眠るおりょうの貌《かお》が浮かんだ。

巻末付録

徒歩で日帰り成田山詣での記

文春文庫・小籐次編集班

七月初旬の某日。新たに文春文庫・小籐次編集班に加わる筆者こと編集Sは、すでにお馴染み編集B子さん（先輩）との打ち合わせに臨んでいた。本作にちなんだ巻末付録のテーマをどうするか。真っ先に浮かんだのは、成田山新勝寺の護摩焚きだった。

三河蔦屋の染左衛門は、小籐次の奮闘に助けられ新勝寺に辿りつく。金無垢の不動明王を抱え不屈の決意を秘めた彼を出迎えたのが、本堂で修された「御《お》護《ご》摩《ま》」である。その後、かの不動明王の開眼のために、開眼堂に三夜籠った際にも護摩が焚かれた。平将門の乱の収束のため祈禱して以来、御護摩祈禱は一日も欠かさず、毎日続けられているそうだ。

筆者、さしあたって調伏したい対象はいないが、本尊・不動明王を前に築かれた壇で、護摩木から燃え上がる炎は、確かに不浄煩悩を焼き尽くしてくれそうな気がする。これは面白そうだ。

だがそれだけだと企画として弱い。では江戸の人たちの旅情を味わうため、成田山まで歩こうか。そういえば、このページの初回で前任の編集Mさん（先輩）は、小金井まで二六キロ歩いていた。ではそれを見習って……。

かくして、「徒歩で日帰り成田山詣で」がいとも容易く決定したわけだが、さて、ここで大きな問題がある。どこから歩くか、だ。御護摩祈禱の最終回は十五時なので、それまでには到着しないとならない。まずは、うづさんの道案内を聞こう。

「江戸の人なら、日本橋を発って、千住宿から市川、八幡、船橋、大和田、臼井、佐倉、酒々井《しすい》を経て成田山に向うのがふつうね。だけど、足弱な人には、小網町の河岸から江戸川の行徳河岸に船が出ているの。ここから木下《きおろし》街道を通って八幡宿に出て、佐倉道を行くのよ」（本文より、以下同）

江戸時代後期、文化・文政の頃には、成田山への参詣人の往来が盛んになり、江戸から佐倉までの佐倉道に成田までの道を加えて、いつしか成田街道と称されるようになった。

しかし、東京・日本橋からのオール陸路は、愛娘を「高い高い」しただけで息が上がる

行徳駅～成田山新勝寺　行程図

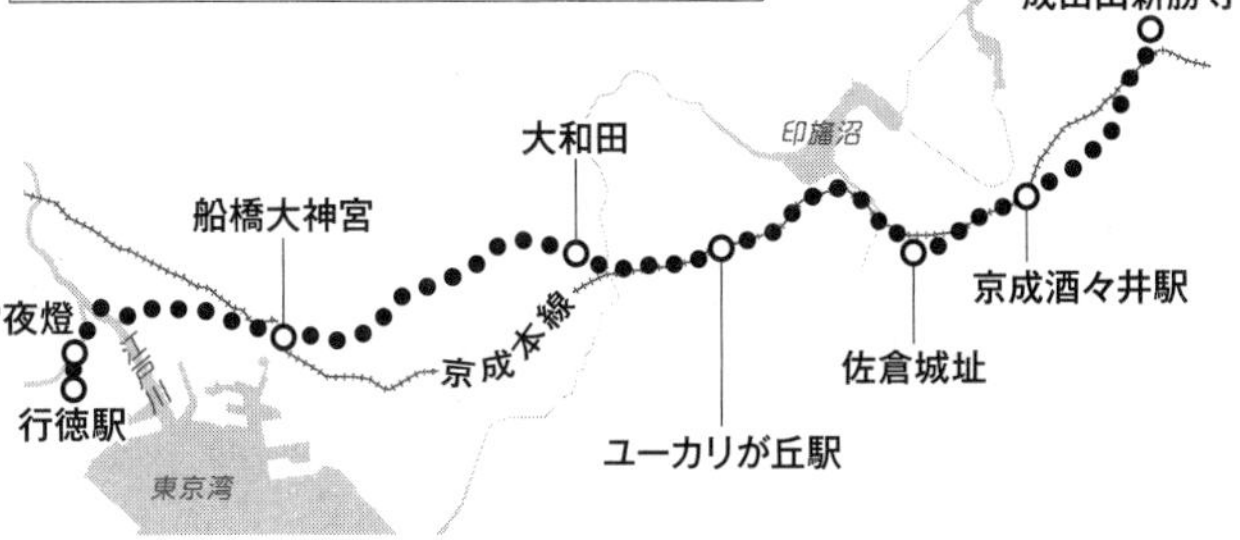

運動不足の三十代後半にとって、まさに行き倒れも辞さぬ覚悟が必要。そんな意気地などとうになくしてしまった筆者は、染左衛門一行が辿ったルートに倣い、行徳からの陸路踏破を目指すことにする。行徳から、船橋宿を経て、成田街道を成田山に向かう総行程約四八キロ（江戸時代には一六里＝約六二キロと言われていた）の旅路だ。

　ここは〝同行二人《どうぎょうににん》〟とばかりに、営業のK先輩のもとへ。この御仁がこれまでいくつかの荒行に挑んできたのはご存知の通り。麻雀と酒で鍛え上げた精神力は伊達ではない。

　筆者「かくかくしかじかなのですが、一緒に歩きませんか？」

　Kさん「ああ、いいっスね。ちょうどオレの実家が佐倉なんで、そこで合流ね！　ヨロシク！」

　え？　佐倉？　茫然とする筆者を残し颯爽とKさんは去っていった。

　出発当日、午前三時。江戸時代の旅の鉄則「七つ（午前四時）発ち」から一時間繰り上げ、東京メトロ東西線行徳駅を出発する。七月とはいえ、さすがにまだ暗い。

江戸小網町三丁目の河岸より水路三里八丁、下総行徳船着場が見えてきた。土地の人はただ、

「新河岸」

と呼ぶ川湊は、房総、常陸への街道口にあたり、また佐倉道の八幡宿を経由して手賀沼の木下河岸に向う木下街道の出発地で、水運、徒歩行の要衝だ。新河岸付近には旅人が群がり、旅籠、茶屋が商いを競い合う賑わいを見せていた。

日本橋小網町と行徳を結ぶ船は行徳船と呼ばれ、もとは江戸に入府した徳川家康が、行徳の塩業を保護し、江戸へ塩を運ばせるためにいくつかの川を開削してできた航路だ。塩と成田山参詣客を運ぶ行徳船の船着場は、江戸川に面し、現在の市川市本行徳に位置した。行徳駅から北西に進み、旧江戸川に沿って堤防を北上すると、高さ約四・五メートルの巨大な塔がぼおっと見えてくる。常夜燈と呼ばれるこの石塔は、文化九年（一八一二）、江戸日本橋の成田講中（新勝寺への講）の人々によって航路安全を祈願して建てられた。堤防がなかった当時は、商人や旅人で溢れていたのだろう。

牛蛙の野太い声に驚きながら、堤防を北東に進む。江戸川にかかる行徳橋を渡り右折すると、急に交通量が増える。一帯は、東京外環自動車道の延伸部分を工事中。来年には大江戸をぐるりと囲む外環の東側が完成するそうだ。

県道一七九号線をしばらく進み、一時間を要して出発駅から二駅目の東西線原木中山駅にやっとさしかかる。一区間百七十円の重みをこれほどまでに感じたことはなかった。

京葉道路をくぐり、西船橋駅前を経て、船橋市海神町へ。ＪＲ総武本線の線路近くに、念仏堂がある。小さな堂宇ながら、平安時代末期前後の作と言われる木造阿弥陀如来立像が安置されており、この地域の信仰の様子を伝える。

お堂の傍らに、「右　いち川みち」「左　行とくみち」と刻まれた元禄七年（一六九四）の銘の道標がある。ここまでは、おおむね左側の「行とくみち」を歩いて来たが、右側の道は、江戸まで至る通称成田街道である。後述の成田街道と東金御成街道との分岐を示す道標は明治に建てられたものなので、街道沿いの道標としては最も古いものとされている。

念仏堂を出て、ＪＲの線路で右折、船橋駅と京成船橋駅のほぼ中間に位置する本町通りを進む。宿場町の雰囲気を随所に残し、多くの史跡がさりげなく残されている。

通りから一歩中に入ると、東照宮のなかでは〝日本一小さい〟と触れ込みの、その名も東照宮がひっそりと建っている。かつて徳川家康が鷹狩りの途上で宿泊した船橋御殿の跡に建立されたそうだ。また、明治六年（一八七三）、近衛隊演習をご覧になるため大和田原へお出ましになった明治天皇が、昼食をとった旅館があった場所には、明治天皇船橋行在所（戦後、県内の明治天皇関係の史跡で唯一継続指定されている）の碑が立つ。さらには、昭和十年（一九三五）から翌年にかけてこの地に住んだ太宰治が、ツケで文芸誌を買っていたという川奈部書店が営業中（らしい。まだ開いていなかった）。派手さはないが、歴史上の錚々たる人物が交錯した道を歩いているかと思うと、悪い気はしない。
この通りは、こぢんまりとした神社があちこちにある。丁番ごとに守神がいて、それぞれ社を構えているのだそうだ。早朝にもかかわらず、お地蔵さんを洗うご婦人につられて、つい笑顔になる。ここは相変わらず信仰の道のようだ。

船橋は江戸の内海の東に位置し、古くからの風待ち湊だった。ために海の神として信仰を集める意富比《おおひ》神社、里人に船橋大神宮と呼ばれる神社が鎮座していた。

本通りの突き当たりに鎮座するのが、船橋大神宮だ（行徳駅から一〇キロ、以下同）。天照大神《あまてらすおおみかみ》を祭神とする古社である。船橋は上総と下総国府を結ぶ中間地点として、また水陸交通の要衝である湊として栄えたが、近世には、江戸からは成田街道の合流点に位置したことで一層の繁栄をみた。
徐々に明るくなってきたとはいえ、鬱蒼とした木々に囲まれた境内は暗い。心許なく拝殿で旅の安全を祈っていると、いかにも渡世人といった人相の二人組がじっとこちらを見ている……わけはなく、近所のご隠居さんが境内に散開してラジオ体操なのか、和やかな雰囲気を醸している。つくづく、この時代に生まれて良かった。

船橋大神宮の右手の下り坂は、ららぽーとTOKYO‐BAYや船橋競馬場と、魅惑的なスポットに繋がっているが、時刻は午前五時、幸いにしてオープン前だ。ちなみに、この一帯は街道随一の遊郭があったそうな。古今を通じて煩悩多き成田街道、恐るべし！

というわけで、左手の坂道へ進み、歩くこと四十分。「成田街道入口」の交差点に差し掛かった（一一・九キロ）。一角にひときわ立派な道標が立っている。このまま直進すれば東金まで至る東金御成街道、左折すると「成田山道」で現在の国道二九六号線だ。ここからはひたすら道なりに進む。片側一車線の狭い道路には、ほとんど申し訳程度の歩道しかない。往時は成田山参詣の人々で賑わった街道で、小籐次一行は刺客に尾行されていたわけだが、こちらは大型トラックのエンジンの熱と粉塵に次々と襲われる。目ぼしい史跡もなく、ただただ道が続く。染左衛門が駕籠に揺られて眠ってしまったのも無理からぬことだ。

だがこの頃には、軟弱旅人の筆者の足はかなり痛んでいた。足裏にはどうやら水疱らしき感触が濃厚となり、ふと見れば、両足の足首が靴擦れで血だらけ。ああ、駕籠が欲しい……。もとより流しの駕籠（タクシー）などこの数時間一台も見ていないので望むべくもないのだが。

午前八時十五分。現在地、旧大和田宿（二二・六キロ）で、いったん休憩をとることにする。思えば、朝飯がまだであった。道中のファミレスは、営業時間外だの、改装中だので、ことごとくフラれてきた。コンビニがなかった時代、茶屋はいかに旅人を癒したことだろう。と、ちょうどそのとき、Kさんからの電話が鳴り響いた。

「いまどこ？」

「大和田ですが……」

「佐倉をたっぷり説明したいから、九時三十分に来てくれる？」

手にしたおにぎりを飲み込み、慌てて出立する。その後、一時間強必死で歩いたが、佐倉までは到達できず。ユーカリが丘駅（二七・一キロ）から電車に乗ることにする。駅前にある見慣れたはずの大型ショッピングセンターやボウリング場が妙に懐かしい。二駅先の京成佐倉駅まで約八キロを電車で移動。無念だ。

九時四十分、京成佐倉駅で営業Kさんと合流。ここからは地元出身Kさんにもリポートしてもらう。


Sくんと合流すると、三時から歩いて来たというものの、疲れたそぶりは見せてない。驚き、賞賛しつつも、心の底から「小籐次チームによい後輩が出来てよかった」と思った。

前日、地元企業に勤める妹が「行徳から成田まで、昼までに歩くってありえないよね、千葉の広さなめ過ぎじゃん」との感想を洩らしていたことを思い出した。その通りだけど、口にすることは出来ない。

「すごいね〜」「大変だね〜」「本当にお疲れさま〜」などとヨイショしつつ、早速、わが故郷のシンボル佐倉城址をご案内。

江戸時代初めの大老・土井利勝が築いて以来、松平（大給《おぎゅう》）、大久保など有力譜代大名が藩主になるが、ここから老中になる人物もあり、佐倉は出世コースだ。

なかでも幕末の佐倉藩主で老中を務めた堀田正睦《まさよし》は、日米修好通商条約の勅許を得ようと上洛し、孝明天皇に願い出るもすげなく却下され、幕府の威信を落とした悲劇の人物として描かれることが多い。しかし、「西の長崎、東の佐倉」といわれるように、蘭学の先進地として根付かせた功績は大だ。順天堂を開いた佐藤泰然《たいぜん》を招聘したのも正睦である。

先輩には申し訳ないが、炎天下で聞く白熱授業にこちらは意識も途絶えがちだった。明治以降、通称佐倉連隊など陸軍の連隊司令部や兵営が置かれ、天守閣など構造物はほとんど残っていないが、堀や曲輪跡などに当時の面影が残る。小籐次が、佐倉藩分家の十文字鎌槍の使い手を下したのはこのあたりか。

城を出ると、城下町に特有の折り曲げられた道が続く。特筆すべきは、どこの観光地にも見られる過剰な町興しにはほとんど興味がないようで、全く商売っ気がない。古い商家が立ち並ぶ町並みはとても静かで、一時、暑さと痛みが和らいだ。

予定を大幅に過ぎた十一時二十分頃、隣町の京成酒々井駅にてB子さんと表紙画を担当する横田美砂緒さんと合流。横田さんと顔を合わせるのは二月の座禅以来だ。

小籐次チームというご縁で滝行、座禅と鍛錬させていただいたものの、まだまだ煩悩に溺れ続けている私は、「モテないのは太っているから」との結論に達し、十二キロの減量に成功していた。だが久々に再会した横田さんから、開口一番「え〜、面白くない」と言われて耳を疑った。てっきり「Kくん、痩せてかっこよくなったね！」と褒められるとばかり思っていたのだが、大層ご不満の様子。横田さん、「あのだらしない体型だから〝味〟があったのにフツーじゃない！」と追い討ちをかける。テンションを下げながらも、残りの行程へ出発。

国道五一号線を北東へひたすら歩く。曇り空はいつの間にかカンカン照りにかわり、肌が焼けていくのを感じる。暑い……。気温はすでに三十五度を超えている。通るのは猛スピードのトラックばかりの国道では、自販機はおろか、日陰すらない。

予定時間の午後一時、ほうほうの体で成田山新勝寺到着。だがこの過酷な企画のご褒美にと、B子さんが成田山名物うなぎの昼食を提案してくれ、門前の名店・駿河屋さんへなだれ込む。いつも笑顔のSくんは消耗しきり、限界はとっくに超えている様子。一方の私は、老舗のうなぎに心を躍らせていた。三十五度の猛暑の中ではあったが、ウォーキング後のほどよい空腹感という万全のコンディションだ。もちろん、特上をチョイス。しかもSくんに対して「ちょっとしか歩いていないオレが特上を食えなくなるから、お前も特上注文しろよ」と、相手の体調を考慮しない暴言を吐く。

実際のところ、筆者の足首と足裏の痛みは残り八キロを切った時点でピークを迎えていた。もう永遠に到着できないのではないか。もはや史跡がうんぬんと言える気力もなく、ただただ足を引き摺りながら一行に付いていくのが精一杯だった。

そんなかすれゆく意識の中で、遠くに三重塔が見えたときの感動たるや筆舌に尽くしがたい。踏破のあかつきには、きっと清浄な気持ちでご本尊の不動明王を拝むことができるはずと思っていたが、門前に立ち並ぶお店から漂ってくるうなぎの芳ばしい香りには全く太刀打ちできなかった。煩悩にまみれることも悪くない。

駿河屋さんは、詳らかではないが寛政十年（一七九八）の記録に店名が掲載されている老舗だ。B子さんたちはキンキンに冷えたビールを、下戸の筆者はサイダーを一気にあおった。身体が潤う感覚を初めて味わった。そして念願のうなぎが運ばれてくる。お重から溢れんばかりの二尾のうなぎがかすむ。これは山椒のせいか、涙のせいか。肉厚の身を頬

Kさんお祈り中（横田美砂緒・画）

張る。関東風のフワフワの食感、ほどよく絡んだ甘いたれ。これまでの苦労が吹き飛ぶような美味だった。

もう思い残すことはない。本日のメインイベントである御護摩の模様はKさんに委ねる。

御護摩でお願いできることはけっこうたくさんある。家内安全、商売繁昌、厄難消除といったメジャーなものから、工場安全、大漁満足、海上安全といった特定の業種に特化したものまで様々だ。なんだかんだと言っても、やっぱりまだまだモテたい、というわけで〝心願成就〟のお札をいただく。

十五時、立派な建物が林立するこのお寺でもひときわ大きな大本堂にて御護摩がスタート。お坊さんから、「護摩とは、不動明王のお力と信心が一体となって、願いが成就する真言密教の秘法であります」との事前説明を聞く。銅鑼（？）の大音声が広い堂内に響き渡るのを皮切りに、大きくなる炎に護摩木が入れられ、不動明王の真言が唱和される。荘厳な祈りのなかで、これは必死に（モテたいと）願わねばならぬと、目を閉じ真言を唱え始めたものの、特上うな重で満腹で、つまりは満たされた私は、うつらうつらと舟を漕いでしまった……。願いが叶うどころか、罰が当たらぬか大変心配である。
その模様をスケッチしていただいた横田さんに、「痩せて、なんだか背中が小さくなっちゃった。中学生みたい」とトドメの一発をもらう。苦行を後輩にやらせ、ラクな方、安易な方に流され、安全圏から心配したふりをする。体重だけではなく、器も小さくなってしまったのだなと、猛省する一日であった……。

十五時三十分、御護摩終了。成田駅に戻り一行は解散、長かった一日が終わった。疲れ果てたからだを引きずって電車に乗る。一時間ほどの乗車が短く感じる。
東京メトロ門前仲町駅に降り立ち、二番出口から地上に出ると、永代通りを挟んで眼前に現れたのは大きな「成田山」の文字と鳥居……。染左衛門が決死の祈願をし、小籐次が守り抜いた江戸出開帳は、明治の世にここ東京都江東区深川の地に成田山東京別院深川不動堂が建てられたことで幕を引いたのである。

【成田山新勝寺】http://www.naritasan.or.jp/
【参考文献】小倉博『成田の歴史小話百九十話』（崙書房出版）

本書は『酔いどれ小籐次留書　冬日淡々』（二〇一〇年八月　幻冬舎文庫刊）に
著者が加筆修正を施した「決定版」です。

DTP制作・ジェイ エスキューブ

文春文庫

冬《ふゆ》日《び》淡《たん》々《たん》

酔《よ》いどれ小籐次《ことうじ》（十四）決定版《けつていばん》

定価はカバーに
表示してあります

2017年9月10日　第1刷
2025年2月5日　第2刷

著　者　佐《さ》伯《えき》泰《やす》英《ひで》
発行者　大沼貴之
発行所　株式会社　文藝春秋

東京都千代田区紀尾井町3-23　〒102-8008
TEL　03・3265・1211㈹
文藝春秋ホームページ　https://www.bunshun.co.jp

落丁、乱丁本は、お手数ですが小社製作部宛お送り下さい。送料小社負担でお取替致します。

印刷製本・TOPPANクロレ
Printed in Japan
ISBN978-4-16-790926-0

酔いどれ小籐次

新・酔いどれ小籐次

① 神隠し《かみかくし》
② 願かけ《がんかけ》
③ 桜吹雪《はなふぶき》
④ 姉と弟《あねとおとうと》
⑤ 柳に風《やなぎにかぜ》
⑥ らくだ
⑦ 大晦り《おおつごもり》
⑧ 夢三夜《ゆめさんや》
⑨ 船参宮《ふなさんぐう》
⑩ げんげ
⑪ 椿落つ《つばきおつ》
⑫ 夏の雪《なつのゆき》
⑬ 鼠草紙《ねずみのそうし》
⑭ 旅仕舞《たびじまい》
⑮ 鑓騒ぎ《やりさわぎ》

⑯ 酒合戦《さけがっせん》
⑰ 鼠異聞《ねずみいぶん》 上
⑱ 鼠異聞《ねずみいぶん》 下
⑲ 青田波《あおたなみ》
⑳ 三つ巴《みつどもえ》
㉑ 雪見酒《ゆきみざけ》
㉒ 光る海《ひかるうみ》
㉓ 狂う潮《くるううしお》
㉔ 八丁越《はっちょうごえ》
㉕ 御留山《おとめやま》
㉖ 恋か隠居か《こいかいんきょか》

酔いどれ小籐次〈決定版〉

① 御鑓拝借《おやりはいしゃく》
② 意地に候《いじにそうろう》
③ 寄残花恋《のこりはなよするこい》
④ 一首千両《ひとくびせんりょう》
⑤ 孫六兼元《まごろくかねもと》
⑥ 騒乱前夜《そうらんぜんや》
⑦ 子育て侍《こそだてざむらい》
⑧ 竜笛嫋々《りゅうてきじょうじょう》
⑨ 春雷道中《しゅんらいどうちゅう》
⑩ 薫風鯉幟《くんぷうこいのぼり》
⑪ 偽小籐次《にせことうじ》
⑫ 杜若艶姿《とじゃくあですがた》
⑬ 野分一過《のわきいっか》
⑭ 冬日淡々《ふゆびたんたん》
⑮ 新春歌会《しんしゅんうたかい》
⑯ 旧主再会《きゅうしゅさいかい》
⑰ 祝言日和《しゅうげんびより》
⑱ 政宗遺訓《まさむねいくん》
⑲ 状箱騒動《じょうばこそうどう》

小籐次青春抄
品川の騒ぎ・野鍛冶《のかじ》

居眠り磐音

居眠り磐音〈決定版〉

①陽炎ノ辻《かげろうのつじ》
②寒雷ノ坂《かんらいのさか》
③花芒ノ海《はなすすきのうみ》
④雪華ノ里《せっかのさと》
⑤龍天ノ門《りゅうてんのもん》
⑥雨降ノ山《あふりのやま》
⑦狐火ノ杜《きつねびのもり》

⑧朔風ノ岸《さくふうのきし》
⑨遠霞ノ峠《えんかのとうげ》
⑩朝虹ノ島《あさにじのしま》
⑪無月ノ橋《むげつのはし》
⑫探梅ノ家《たんばいのいえ》
⑬残花ノ庭《ざんかのにわ》
⑭夏燕ノ道《なつつばめのみち》

⑮驟雨ノ町《しゅううのまち》
⑯螢火ノ宿《ほたるびのしゅく》
⑰紅椿ノ谷《べにつばきのたに》
⑱捨雛ノ川《すてびなのかわ》
⑲梅雨ノ蝶《ばいうのちょう》
⑳野分ノ灘《のわきのなだ》
㉑鯖雲ノ城《さばぐものしろ》

㉒荒海ノ津《あらうみのつ》
㉓万両ノ雪《まんりょうのゆき》
㉔朧夜ノ桜《ろうやのさくら》
㉕白桐ノ夢《しろぎりのゆめ》
㉖紅花ノ邨《べにばなのむら》
㉗石榴ノ蠅《ざくろのはえ》
㉘照葉ノ露《てりはのつゆ》
㉙冬桜ノ雀《ふゆざくらのすずめ》
㉚侘助ノ白《わびすけのしろ》
㉛更衣ノ鷹《きさらぎのたか》 上
㉜更衣ノ鷹《きさらぎのたか》 下
㉝孤愁ノ春《こしゅうのはる》
㉞尾張ノ夏《おわりのなつ》
㉟姥捨ノ郷《うばすてのさと》
㊱紀伊ノ変《きいのへん》
㊲一矢ノ秋《いっしのとき》
㊳東雲ノ空《しののめのそら》
㊴秋思ノ人《しゅうしのひと》
㊵春霞ノ乱《はるがすみのらん》
㊶散華ノ刻《さんげのとき》
㊷木槿ノ賦《むくげのふ》
㊸徒然ノ冬《つれづれのふゆ》
㊹湯島ノ罠《ゆしまのわな》
㊺空蟬ノ念《うつせみのねん》
㊻弓張ノ月《ゆみはりのつき》
㊼失意ノ方《しついのかた》
㊽白鶴ノ紅《はっかくのくれない》
㊾意次ノ妄《おきつぐのもう》
㊿竹屋ノ渡《たけやのわたし》
51 旅立ノ朝《たびだちのあした》

新・居眠り磐音

①奈緒と磐音《なおといわね》
②武士の賦《もののふのふ》
③初午祝言《はつうましゅうげん》
④おこん春暦《おこんはるごよみ》
⑤幼なじみ《おさななじみ》

番勝負

〈空也十番勝負 決定版〉

坂崎磐音の嫡子・空也。
十六歳でひとり、武者修行の
旅に出た若者が出会うのは──。

日本橋の近く、照降町に戻ってきた
女性職人・佳乃。文政12年の大火に
焼き尽くされた江戸から立ち上がる
人々を描く勇気と感動のストーリー。

一瞬も飽きさせない至高の読書体験がここに!

桜舞う柳橋を舞台に、船頭の娘・桜子が大活躍。夢あり、恋あり、大活劇あり。

一 猪牙の娘《ちょきのむすめ》

二 あだ討ち《あだうち》

三 二枚の絵《にまいのえ》

四 夢よ、夢《ゆめよ、ゆめ》